BOM DIA, TRISTEZA

FRANÇOISE SAGAN

BOM DIA, TRISTEZA

Tradução
Ivone Benedetti

1ª edição

Rio de Janeiro | 2023

CIP-BRASIL. CATALOGAÇÃO NA PUBLICAÇÃO
SINDICATO NACIONAL DOS EDITORES DE LIVROS, RJ

S135b Sagan, Françoise, 1935-2004
      Bom dia, tristeza / Françoise Sagan ; tradução Ivone Benedetti.
- 1. ed. - Rio de Janeiro : Bertrand Brasil, 2023.

      Tradução de: Bonjour tristesse
      ISBN 978-65-5838-205-8

      1. Novela francesa. I. Benedetti, Ivone. II. Título.

                                      CDD: 843
23-85348   CDU: 82-32(44)

Meri Gleice Rodrigues de Souza - Bibliotecária - CRB-7/6439

Copyright © Editions Julliard, Paris, 1954

Título original: Bonjour tristesse

Texto revisado segundo o Acordo Ortográfico da Língua Portuguesa de 1990.

Todos os direitos reservados.
Não é permitida a reprodução total ou parcial desta obra, por quaisquer meios, sem a prévia autorização por escrito da Editora.

Direitos exclusivos de publicação em língua portuguesa somente para o Brasil adquiridos pela:
EDITORA BERTRAND BRASIL LTDA.
Rua Argentina, 171 — 3º andar — São Cristóvão
20921-380 — Rio de Janeiro — RJ
Tel.: (21) 2585-2000,
que se reserva a propriedade literária desta tradução.

Seja um leitor preferencial.
Cadastre-se no site www.record.com.br e
receba informações sobre nossos lançamentos
e nossas promoções.

Atendimento e venda direta ao leitor:
sac@record.com.br

EDITORA AFILIADA

Adeus tristeza
Bom dia tristeza
Estás gravada nas linhas do teto
Estás gravada nos olhos que amo
Não és de todo miséria
Pois lábios paupérrimos te denunciam
Com um sorriso
Bom dia tristeza
Amor dos corpos amáveis
Poder do amor
Cuja amabilidade surge
Como um monstro sem corpo
Cara desapontada
Tristeza belo rosto.

P. Eluard.
(La vie immédiate.)

PRIMEIRA PARTE

CAPÍTULO I

A esse sentimento desconhecido, de um desalento e uma delicadeza que me obsedam, hesito em dar o nome, o belo e grave nome de tristeza. É um sentimento tão completo, tão egoísta, que quase me envergonha, ao passo que a tristeza sempre me pareceu honrosa. Eu não a conhecia; conhecia o tédio, a nostalgia, mais raramente o remorso. Hoje, algo se fecha sobre mim como uma seda, debilitante e delicada, e me separa dos outros.

Naquele verão, eu tinha dezessete anos e era perfeitamente feliz. Os "outros" eram meu pai e Elsa, amante dele. Preciso explicar logo essa situação, que pode parecer dúbia. Meu pai tinha quarenta anos, estava viúvo fazia quinze; era um homem jovem, cheio de vitalidade, de possibilidades, e, quando saí do internato, dois anos antes, não pude deixar de entender que ele vivesse com alguma mulher. Demorei mais para aceitar que ele trocasse de mulher a cada seis meses! Mas, bem depressa, a sedução dele, aquela vida nova e fácil e as minhas predisposições levaram-me a aceitar. Era um homem volúvel, hábil nos negócios, sempre curioso, rapidamente enfadado, de quem as mulheres gostavam. Não tive dificuldade nenhuma para gostar dele, sentir carinho por ele, porque ele era bom, generoso, alegre e cheio de afeição por mim. Não imagino amigo melhor nem mais divertido. Naquele começo de verão, sua gentileza chegou a ponto de me perguntar se a companhia de Elsa, a amante da época, não me aborreceria durante as férias. Só pude incentivá-lo, pois conhecia sua necessidade de mulheres e, por outro lado, Elsa não nos estorvaria. Era uma mocetona ruiva, a meio caminho entre a vida airada e as altas-rodas, que atuava como figurante nos estúdios e nos bares da Champs-Elysées. Era gentil, bem simples e sem pretensões sérias. Aliás, meu pai e eu estávamos felizes demais com a viagem para fazermos objeção ao que quer que fosse. Ele tinha alugado, na costa mediterrânea, um casarão branco, isolado, encantador, com que sonhávamos desde que o tempo começara a esquentar em junho. Estava construída sobre um promontório que dominava o mar, escondida da estrada por um pinheiral; uma trilha íngreme descia para uma pequena enseada dourada, rodeada de rochedos rubros onde a água marulhava.

Os primeiros dias foram maravilhosos. Passávamos horas na praia, torrando de calor, ganhando aos poucos uma cor sadia e dourada, menos Elsa, que ficava vermelha e despelava-se em meio a um sofrimento terrível. Meu pai fazia complicados exercícios de pernas para dar fim a um princípio de barriga incompatível com suas disposições de Don Juan. Já ao amanhecer, eu estava na água, uma água fresca e transparente onde eu afundava, onde me esgotava em movimentos descoordenados para me lavar de todas as sombras, de todas as poeiras de Paris. Deitava-me na praia, pegava um punhado de areia, deixava-a fugir de meus dedos num jato amarelado e delicado; ficava pensando que ela fugia como o tempo, que aquela era uma ideia fácil e que era agradável ter ideias fáceis. Era verão.

No sexto dia, vi Cyril pela primeira vez. Ia costeando num barquinho à vela e soçobrou na frente de nossa enseada. Ajudei-o a recuperar suas coisas e, rindo muito os dois, fiquei sabendo que ele se chamava Cyril, que estudava direito e estava passando férias com a mãe, numa casa vizinha. Tinha fisionomia latina, era muito moreno, franco, com algo de equilibrado, protetor, que me agradou. Se bem que eu fugia daqueles estudantes da Universidade, uns brutos, só preocupados consigo, com sua juventude, principalmente, achando nela assunto para drama ou pretexto para o tédio. Eu não gostava de jovens. Preferia os amigos de meu pai, homens de quarenta anos que me tratavam com cortesia e ternura, dando mostras de uma delicadeza de pai e amante. Mas gostei de Cyril. Era alto e, às vezes, bonito, de uma beleza que inspirava confiança. Mesmo não comungando com meu pai a aversão pela feiura que nos fazia muitas vezes frequentar pessoas burras, eu sentia, diante de gente desprovida de encanto físico, uma espécie de desconforto, de alheamento; sua resignação a não agradar me parecia um defeito indecente. Porque, o que buscávamos, senão agradar? Ainda hoje não sei se o gosto pela conquista oculta uma superabundância de vitalidade, prazer de domínio ou necessidade furtiva, inconfessada, de se sentir seguro, amparado.

Quando se despediu, Cyril se ofereceu para me ensinar navegação à vela. Voltei para casa na hora do jantar, absorta, pensando nele, e participei pouco ou nada da conversa; mal notei o nervosismo de meu pai. Depois do jantar, fomos nos deitar nos cadeirões do terraço, como todas as noites. O céu estava sarapintado de estrelas. Eu as olhava, com a vaga esperança de que se antecipassem e começassem a deixar no céu os sulcos de sua queda. Mas era só começo de julho, elas não se mexiam. No cascalho do terraço, cantavam cigarras. Seriam milhares, embriagadas de calor e luar, lançando aquele grito esquisito noites inteiras. Alguém tinha me explicado que elas apenas friccionam seus élitros um no outro, mas eu preferia acreditar naquele canto gutural de garganta, instintivo como o dos gatos no cio. Estávamos bem; só uns grãozinhos de areia entre minha pele e a camisa me defendiam dos brandos assaltos do sono. Foi então que meu pai pigarreou e se sentou na espreguiçadeira.

— Preciso avisar que alguém está para chegar — disse.

Fechei os olhos, desesperada. Estávamos tranquilos demais, aquilo não podia durar!

— Diga logo quem é — gritou Elsa, sempre louca por badalação.

— Anne Larsen — disse meu pai e voltou-se para mim.

Olhei para ele, espantada demais para reagir.

— Eu disse para ela vir, se estivesse cansada com aquelas coleções, e ela... ela vem.

Nunca teria imaginado. Anne Larsen era velha amiga de minha saudosa mãe e tinha pouquíssimas relações com meu pai. Mesmo assim, quando saí do internato, dois anos antes, meu pai, sem saber muito bem o que fazer comigo, tinha me mandado para a casa dela. Em uma semana, ela me vestiu com bom gosto e me ensinou a viver. Passei a lhe dedicar uma admiração apaixonada, que ela havia desviado com habilidade para um rapaz conhecido seu. Portanto, eu lhe devia minha iniciação na elegância e no amor, pelo que lhe tinha grande reconhecimento. Com quarenta e dois anos, era uma mulher muito sedutora, requintada, com um belo rosto orgulhoso e enfadado, indiferente. Aquela sua indiferença era a única coisa censurável. Era amável e distante. Tudo nela refletia uma vontade constante, uma tranquilidade íntima que intimidava. Apesar de divorciada e livre, não se sabia que tivesse amantes. Aliás, não frequentávamos as mesmas rodas: ela convivia com gente fina, inteligente, discreta, e nós, com gente barulhenta, sôfrega, de quem meu pai só esperava beleza ou diversão. Acho que nos desprezava um pouco, a meu pai e a mim, por nossa opção pelo entretenimento, por futilidades, assim como desprezava todo e qualquer excesso. O que nos reunia eram apenas jantares de negócios — ela trabalhava com moda, e meu pai, com publicidade —, a lembrança de minha mãe e meus esforços, porque, mesmo me sentindo intimidada por ela, eu a admirava muito. Enfim, aquela vinda súbita me parecia um contratempo, considerando a presença de Elsa e as ideias de Anne sobre educação.

Elsa subiu para se deitar depois de uma enxurrada de perguntas sobre a situação de Anne na sociedade. Fiquei sozinha com meu pai e fui me sentar nos degraus, a seus pés. Ele se inclinou e pôs as duas mãos em meus ombros:

— Por que está tão magrinha, minha flor? Está parecendo um gatinho selvagem. Eu gostaria de ter uma linda filha loira, um pouco cheinha, com olhos de porcelana e...

— Isso não vem ao caso — disse eu. — Por que você convidou Anne? E por que ela aceitou?

— Para ver o teu velho pai, talvez. Nunca se sabe.

— Você não é o tipo de homem que interessa a Anne — respondi. — Ela é inteligente demais e se respeita muito. E a Elsa? Você pensou na Elsa? Consegue imaginar a conversa entre as duas? Eu não consigo!

— Não tinha pensado nisso — confessou. — De fato, é assustador. Cécile, minha flor, e se a gente voltasse para Paris?

Ele ria manso, acariciando-me a nuca. Voltei-me e olhei para ele. Seus olhos escuros brilhavam, com as bordas marcadas por umas ruguinhas bizarras, enquanto a boca se arrebitava um pouco. Parecia um fauno. Comecei a rir com ele, como sempre acontecia, quando se metia em complicações.

— Meu velho cúmplice — disse ele. — O que seria de mim sem você?

E seu tom de voz era tão convicto, tão terno, que entendi que ele teria sido infeliz. Alta noite, falamos de amor, de suas complicações. Para meu pai, elas eram imaginárias. Ele recusava sistematicamente as noções de fidelidade, seriedade, compromisso. Explicava que eram arbitrárias, estéreis. Em outra pessoa, aquilo me chocaria. Mas eu sabia que, no caso dele, não estavam excluídas nem a ternura nem a dedicação, sentimentos que lhe vinham com mais facilidade porque ele os queria, porque sabia serem provisórios. Aquela concepção me parecia sedutora: casos amorosos rápidos, ardentes e passageiros. Eu não estava em idade de ser seduzida pela fidelidade. Conhecia pouco do amor: encontros, beijos e fastio.

CAPÍTULO II

Anne não chegaria antes de uma semana. Eu aproveitava aqueles últimos dias de férias de verdade. A casa tinha sido alugada por dois meses, mas eu sabia que, a partir da chegada de Anne, já não seria possível relaxar completamente. Anne dava um contorno às coisas, um sentido às palavras que a meu pai e a mim costumavam escapar. Ditava as normas do bom gosto e da fineza, que não se podia deixar de perceber em seus retraimentos súbitos, seus silêncios melindrados, suas expressões. Era, ao mesmo tempo, estimulante e cansativo, humilhante, afinal, pois eu sentia que ela tinha razão.

No dia da chegada, ficou decidido que meu pai e Elsa iriam esperá-la na estação de Fréjus. Eu me recusei terminantemente a participar da expedição. Em desespero de causa, meu pai colheu todos os gladíolos do jardim para lhe entregar assim que ela descesse do trem. Só aconselhei a não pedir que Elsa carregasse o buquê. Às três horas, depois que saíram, desci para a praia. Fazia um calor terrível. Deitei-me na areia; cochilava quando a voz de Cyril me acordou. Abri os olhos: o céu estava branco, embaçado de calor. Não respondi a Cyril; não tinha vontade de falar com ele nem com ninguém. Estava pregada à areia com toda a força daquele verão, com os braços pesados, a boca seca.

— Morreu? — perguntou-me. — De longe, parecia um resto de naufrágio, abandonado...

Sorri. Ele se sentou ao meu lado, e meu coração começou a bater fortemente, surdamente, porque, naquele movimento, a mão dele tinha roçado meu ombro. Dez vezes, durante a última semana, minhas brilhantes manobras navais tinham nos precipitado para o fundo da água, abraçados, sem que eu sentisse a menor perturbação. Mas hoje, bastavam o calor, a sonolência, aquele gesto desajeitado, para que alguma coisa em mim se rasgasse devagarinho. Virei a cabeça para ele. Estava me olhando. Eu começava a conhecê-lo: era equilibrado, virtuoso, mais que o costume, talvez, para a idade. Por isso ficava chocado com nossa situação, com aquela estranha família a três. Era demasiado bom ou tímido para dizer, mas eu sentia pelos olhares oblíquos, rancorosos, que dirigia a meu pai. Ele gostaria que eu me atormentasse com a situação. Mas não era o que acontecia, e a única coisa que me atormentava naquele momento era o olhar dele e as marteladas de meu coração. Ele se inclinou para mim. Revi os últimos dias daquela semana, minha confiança, minha tranquilidade perto dele e senti saudade da proximidade daquela boca rasgada e um pouco pesada.

— Cyril — disse-lhe —, nós éramos tão felizes...

Ele me beijou delicadamente. Olhei para o céu; depois, não vi mais nada, senão luzes vermelhas brilhando sob minhas pálpebras apertadas. O calor, o atordoamento, o gosto dos primeiros beijos, os suspiros sucediam-se em longos minutos. Um som de buzina nos separou como dois ladrões. Larguei Cyril lá sem dizer palavra e subi em direção à casa. Aquele retorno rápido me surpreendia: o trem de Anne ainda não devia ter chegado. Mas foi ela que encontrei no terraço, descendo de seu próprio carro.

— É a casa da Bela Adormecida! — disse ela. — Como você está bronzeada, Cécile! Que prazer em vê-la.

— Igualmente — respondi. — Mas está chegando de Paris?

— Preferi vir de carro, aliás estou moída.

Levei-a para seu quarto. Abri a janela com a esperança de avistar o barco de Cyril, mas ele tinha desaparecido. Anne tinha se sentado na cama. Notei ligeiras sombras em torno de seus olhos.

— Esta casa é encantadora — disse, num suspiro. — Onde está o dono?

— Foi buscá-la na estação com Elsa.

Eu tinha posto a mala dela numa cadeira e, ao me voltar, levei um choque. Seu rosto tinha se decomposto repentinamente, a boca tremia.

— Elsa Mackenbourg? Ele trouxe Elsa Mackenbourg para cá?

Eu não sabia o que responder. Olhei para ela, estupefata. Aquele rosto, que eu sempre tinha visto tão calmo, tão senhor de si, daquele jeito, exposto a todos os meus espantos... Ela me fixava através das imagens que lhe haviam sido fornecidas por minhas palavras; ela me viu, afinal, e virou a cabeça.

— Eu deveria tê-los avisado — disse ela —, mas estava com tanta pressa de viajar, tão cansada...

— E agora... — continuei maquinalmente.

— Agora o quê? — perguntou.

Seu olhar era interrogador, desdenhoso. Era como se nada tivesse acontecido.

— Agora, você chegou — respondi, como boba, esfregando as mãos. — Estou muito contente por estar aqui, como sabe. Vou esperar lá embaixo; se quiser beber alguma coisa, o bar é ótimo.

Saí gaguejando e desci a escada em meio a pensamentos muito confusos. Por que aquele rosto, aquela voz alterada, aquele abalo? Sentei-me numa espreguiçadeira, fechei os olhos. Tentei me lembrar de todos os rostos duros, tranquilizadores de Anne: ironia, descontração, autoridade. A descoberta daquele rosto vulnerável me comovia e irritava ao mesmo tempo. Será que ela amava meu pai? Seria possível que ela o amasse? Nada nele correspondia aos gostos dela. Ele era fraco, leviano, pusilânime às vezes. Mas será que tinha sido apenas cansaço da viagem, indignação moral? Passei uma hora fazendo conjecturas.

Às cinco horas, meu pai chegou com Elsa. Observei-o descer do carro. Tentei descobrir se Anne podia amá-lo. Ele vinha andando em minha direção, rapidamente, com a cabeça um pouco inclinada para trás. Sorria. Fiquei pensando que seria bem possível Anne amá-lo, que qualquer pessoa o amaria.

— Anne não estava lá — gritou para mim. — Espero que não tenha caído pela porta do trem.

— Ela está no quarto; veio de carro — respondi.

— Não! Que ótimo! Agora você só precisa levar o buquê para ela.

— Comprou flores para mim? — disse a voz de Anne. — Que gentileza.

Ela vinha descendo a escada ao encontro dele, descontraída, sorridente, com um vestido que não parecia ter viajado. Pensei, com tristeza, que ela tinha descido ao ouvir o carro e que poderia ter descido um pouco antes, para conversar comigo; mesmo que fosse sobre o exame no qual, aliás, eu tinha sido reprovada! Esta última ideia me consolou.

Meu pai ia correndo beijar-lhe a mão.

— Fiquei quinze minutos na plataforma da estação com este buquê nas mãos e um sorriso besta nos lábios. Graças a Deus, você está aqui! Conhece Elsa Mackenbourg?

Desviei os olhos.

— Acho que já nos encontramos — disse Anne, toda amável... — Estou num quarto maravilhoso, você foi muito gentil de me convidar, Raymond, eu estava muito cansada.

Meu pai se desdobrava. Para ele, tudo corria bem. Falava bonito, desarrolhava garrafas. Mas em minha mente desfilavam ora o rosto apaixonado de Cyril, ora o de Anne, aqueles dois rostos marcados pelo ardor, e me perguntava se as férias seriam tão simples quanto meu pai afirmava.

Aquele primeiro jantar foi bem alegre. Meu pai e Anne falavam de conhecidos em comum, que eram raros, mas pitorescos. Eu me divertia muito, até o momento em que Anne qualificou o sócio de meu pai de microcéfalo. Tratava-se de um homem que, apesar de beber muito, era gentil, e com ele meu pai e eu tivéramos jantares memoráveis.

Discordei:

— O Lombard é engraçado, Anne. Acho que é muito divertido.

— Convenhamos que, apesar disso, deixa muito a desejar, e mesmo o humor dele...

— Talvez não tenha uma forma de inteligência usual, mas...

Ela me atalhou com ar indulgente:

— Essas formas de inteligência, como você chama, nada mais são do que faixas etárias.

O aspecto lapidar, definitivo, daquela fórmula me deixou encantada. Para mim, certas frases exalam um clima intelectual, sutil, que me subjuga, ainda que não as entenda absolutamente. Aquela me deu vontade de ter à mão um caderninho e um lápis. Disse isso a Anne. Meu pai deu uma gargalhada:

— Pelo menos você não guarda rancor.

Nem podia, porque Anne não era maldosa. Eu a sentia indiferente demais, seus julgamentos não tinham a precisão, o gume da maldade. Em compensação, eram mais acachapantes.

Naquela primeira noite, Anne não pareceu notar a distração, voluntária ou não, de Elsa, que entrou diretamente no quarto de meu pai. Ela havia trazido para mim um suéter de sua coleção, mas não me deixou agradecer. Agradecimento era algo que a aborrecia, e, como os meus nunca estavam à altura de meu entusiasmo, não me dei o trabalho.

— Acho gentil essa Elsa — disse, antes que eu saísse.

Olhava-me nos olhos, sem sorrir; procurava em mim uma ideia que lhe parecia importante destruir. Eu deveria esquecer aquele seu reflexo anterior.

— É, sim, é uma... hã... moça encantadora... simpaticíssima.

Eu gaguejava. Ela começou a rir, e fui me deitar bem irritada. Adormeci pensando em Cyril, que talvez estivesse dançando em Cannes com outras moças.

Percebo que estou esquecendo, que estou sendo obrigada a esquecer o principal: a presença do mar, seu ritmo incessante, o sol. Também não consigo me lembrar das quatro tílias no pátio de um internato de interior, do seu perfume; e do sorriso de meu pai na plataforma da estação, três anos antes de eu sair do internato, aquele sorriso contrariado porque eu usava tranças e um vestido ordinário, quase preto. E, no carro, sua explosão de alegria, súbita, triunfante, porque eu tinha os olhos e a boca dele, e eu ia ser para ele o mais querido e maravilhoso dos brinquedos. Eu não conhecia nada; ele ia me mostrar Paris, o luxo, a vida fácil. Acredito dever ao dinheiro a maioria de meus prazeres de então: o prazer da velocidade do automóvel, do vestido novo, de comprar discos, livros, flores. Ainda não tenho vergonha daqueles prazeres fáceis e, aliás, só posso chamá-los de fáceis porque ouvi dizer que assim são. Lamentaria, renegaria com mais facilidade minhas mágoas ou minhas crises místicas. O gosto pelo prazer, pela felicidade, representa o único lado coerente de meu caráter. Será que não tenho leitura suficiente? No internato, não se lê, a não ser obras edificantes. Em Paris, não tive tempo de ler: na saída das aulas, era arrastada a cinemas por amigos; não sabia o nome dos atores, motivo de espanto para eles. Ou então ia aos terraços dos cafés, sentar-me ao sol; saboreava o prazer de me misturar à multidão, beber, estar com alguém que me olhava nos olhos, que me tomava pela mão e em seguida me levava para longe daquela mesma multidão. Andávamos pelas ruas até minha casa. Lá ele me atraía para a reentrância de alguma porta e me beijava: eu descobria o prazer dos beijos. Não associo nomes a essas lembranças: Jean, Hubert, Jacques... Nomes que todas as moças conhecem. À noite, eu envelhecia, saía com meu pai para noitadas que não tinham nada a ver comigo, reuniões bem diversificadas em que eu me divertia e divertia os outros, por causa de minha idade. Quando voltávamos, meu pai me deixava em casa e, na maioria das vezes, ia acompanhar alguma amiga. Eu não o ouvia voltar.

Não quero levar a crer que ele costumava ostentar de algum modo suas aventuras. Limitava-se a não as esconder de mim, mais exatamente a não me dizer nada de decoroso e falso para justificar a frequência dos almoços de certa amiga em nossa casa ou da mudança completa dela para lá... felizmente provisória! De qualquer modo, eu não poderia ignorar por muito tempo a natureza de suas relações com as "convidadas", e ele decerto fazia questão de conservar minha confiança, principalmente porque assim evitava penosos esforços de imaginação. Era um cálculo muito bem-feito. O único defeito foi me inspirar durante algum tempo um cinismo desenganado sobre os fatos do amor que, em vista de minha idade e de minha experiência, devia parecer mais divertido que impressionante. Eu costumava repetir algumas fórmulas lapidares, como a de Oscar Wilde, entre outras: "O pecado é a única nota de cor viva que sobrevive no mundo moderno." Adotava-a com absoluta convicção e segurança bem maior, acredito, do que se a tivesse posto em prática. Acreditava que minha vida poderia se pautar por essa frase, inspirar-se nela, brotar dela como uma figurinha infantil pervertida: eu esquecia as pausas, a descontinuidade e os bons sentimentos cotidianos. Idealmente, eu previa uma vida de baixezas e torpezas.

CAPÍTULO III

Na manhã seguinte, fui acordada por um raio de sol oblíquo e quente, que inundou minha cama e pôs fim aos sonhos estranhos e um pouco confusos em que me debatia. Num meio-sono, tentei afastar do rosto, com a mão, aquele calor insistente, até que desisti. Eram dez horas. Desci de pijama para o terraço e lá encontrei Anne, folheando jornais. Reparei que estava com uma maquiagem leve, mas perfeita. Nunca devia se conceder férias de verdade. Como não me dava atenção, sentei-me tranquilamente num degrau com uma xícara de café e uma laranja e dei início às delícias da manhã: mordia a laranja, um sumo doce se esguichava em minha boca; logo em seguida um gole de café preto pelando e, de novo, o frescor da fruta. O sol da manhã aquecia meus cabelos, desfazia as marcas do lençol em minha pele. Daí a cinco minutos, iria tomar banho de mar. A voz de Anne me causou um sobressalto:

— Cécile, você não come?

— Prefiro líquidos de manhã porque...

— Você precisa ganhar uns três quilos para ficar apresentável. Tem a face encovada, e suas costelas são visíveis. Vá lá buscar umas fatias de pão com manteiga.

Supliquei-lhe que não me obrigasse a comer o pão, e ela estava para demonstrar que era indispensável quando meu pai apareceu com seu suntuoso roupão de bolinhas.

— Que visão encantadora — disse. — Duas mocinhas se bronzeando e falando de pão com manteiga.

— Aqui só existe uma mocinha, infelizmente! — disse Anne, rindo. — Temos a mesma idade, querido Raymond.

Meu pai inclinou-se e tomou sua mão.

— Sempre tão severa — disse ele com ternura, e vi que as pálpebras de Anne bateram como sob o efeito de uma carícia imprevista.

Aproveitei para escapulir. Na escada, cruzei com Elsa. Percebia-se que tinha acabado de sair da cama, com as pálpebras inchadas e os lábios pálidos no rosto que o sol tornara escarlate. Quase parei para lhe dizer que Anne estava lá embaixo com um rosto cuidado e limpo, que ia se bronzear, sem estragos, com comedimento. Quase a avisei. Mas ela decerto levaria a mal: tinha vinte e nove anos, ou seja, treze a menos que Anne, o que lhe parecia um trunfo insuperável.

Peguei o maiô e corri para a enseada. Para minha surpresa, Cyril já estava lá, sentado em seu barco. Veio ao meu encontro, sério, tomou-me as mãos.

— Queria lhe pedir desculpas por ontem — disse.

— Foi culpa minha — respondi.

Eu não me sentia nem um pouco amolada, e a solenidade dele me surpreendia.

— Eu me odiei muito pelo que fiz — insistiu, empurrando o barco para o mar.

— Não há por quê — disse eu, alegre.

— Há, sim!

Eu já estava no barco. Ele, em pé, com água até metade das pernas, apoiava-se com as duas mãos na borda, como na barra de um tribunal. Percebi que ele não subiria antes de falar e olhei-o com toda a atenção necessária. Conhecia bem seu rosto, sabia em que terreno pisava. Ele tinha vinte e cinco anos e talvez estivesse se considerando um sedutor; isso me fez rir.

— Não ria — disse ele. — Eu me odiei muito ontem à noite, sabe. Nada a protege de mim; seu pai, aquela mulher, o exemplo... Eu poderia ser o último dos safados, daria na mesma; você poderia acreditar em mim do mesmo jeito...

Ele nem sequer era ridículo. Eu sentia que ele era bom e estava disposto a me amar. Como eu gostaria de amá-lo! Enlacei seu pescoço com meus braços, encostei minha face na dele. Ele tinha ombros largos, um corpo rijo contra o meu.

— Você é gentil, Cyril — murmurei. — Vai ser um irmão para mim.

Ele dobrou os braços em torno de mim, com uma pequena exclamação de raiva, e me tirou do barco com delicadeza. Mantinha-me estreitada contra si, erguida, com a cabeça em seu ombro. Naquele momento, eu o amava. Na luz da manhã, ele era tão dourado, tão gentil, tão delicado quanto eu, protegia-me. Quando sua boca procurou a minha, comecei a tremer de prazer como ele, e em nosso beijo não houve remorso nem vergonha, apenas uma profunda busca, entrecortada de murmúrios. Soltei-me e nadei para o barco, que ia saindo à deriva. Mergulhei o rosto na água para recompô-lo, refrescá-lo... A água era verde. Eu me sentia invadida por uma felicidade, uma despreocupação perfeita.

Às onze e meia, Cyril foi embora, e meu pai e suas mulheres apareceram na trilha. Ele vinha andando entre as duas, amparando-as, estendendo-lhes sucessivamente a mão com solicitude, com uma naturalidade própria dele. Anne tinha continuado de roupão: tirou-o com tranquilidade diante de nossos olhares observadores e deitou-se. De cintura fina e pernas perfeitas, contra ela só depunham ligeiríssimas manchas. Aquilo representava decerto anos de cuidados e atenção; maquinalmente, dirigi a meu pai um olhar aprovador, de sobrancelhas elevadas. Para minha grande surpresa, ele não o retribuiu, fechou os olhos. A pobre Elsa estava num estado lamentável, lambuzava-se de óleo. Eu não dava uma semana para meu pai... Anne voltou a cabeça para mim:

— Cécile, por que se levanta tão cedo aqui? Em Paris, ficava na cama até meio-dia.

— Precisava estudar. Aquilo me deixava derrubada.

Ela não sorriu: só sorria quando tinha vontade, nunca por polidez, como todo mundo.

— E o exame?

— Levei bomba! — respondi com animação. — Uma bela de uma bomba!

— Não pode deixar de fazer esse exame em outubro.

— Por quê? — interveio meu pai. — Eu nunca tirei nenhum diploma. E tenho uma vida opulenta.

— Você já tinha certa fortuna para começar — lembrou Anne.

— Minha filha sempre vai encontrar homens que a sustentem — disse meu pai com dignidade.

Elsa começou a rir e se interrompeu quando viu o olhar dos três voltado para ela.

— Precisa estudar nessas férias — disse Anne, fechando os olhos para encerrar a conversa.

Dirigi a meu pai um olhar desesperado. Ele me respondeu com um sorrisinho amarelo. Eu me vi diante das páginas de Bergson, com aquelas linhas pretas dançando diante de meus olhos e a risada de Cyril embaixo... Aquela ideia me apavorou. Arrastei-me até Anne e a chamei em voz baixa. Ela abriu os olhos. Inclinei sobre ela um rosto preocupado, suplicante, encovando ainda mais minhas bochechas para ficar com cara de intelectual sobrecarregada.

— Anne — disse eu —, você não vai me fazer isso, me fazer estudar com esse calorão... essas férias poderiam me fazer tanto bem...

Ela me olhou fixamente por um instante, depois deu um sorriso misterioso e virou a cabeça para o outro lado.

— Eu devia lhe fazer "isso"... mesmo com esse calorão, como diz. Você ia ficar com raiva de mim só dois dias, se bem a conheço, e passaria no exame.

— A certas coisas a gente não se acostuma — disse eu sem rir.

Ela me olhou com expressão divertida e insolente, e eu voltei a me deitar na areia, preocupadíssima. Elsa discorria sobre as festividades da costa. Mas meu pai não lhe dava ouvidos:

situado no vértice do triângulo formado pelos três corpos, olhava para o perfil invertido de Anne, para seus ombros, com uma fixidez, uma impassibilidade que eu reconhecia. Sua mão se abria e fechava sobre a areia com um gesto delicado, regular, incansável. Corri para o mar, enfiei-me na água gemendo pelas férias que poderíamos ter tido, que não teríamos. Tínhamos todos os elementos de um drama: um sedutor, uma mulher de reputação duvidosa e uma mulher forte. No fundo da água, avistei uma concha maravilhosa, uma pedra rosada e azul; mergulhei para pegá-la, conservei-a, delicada e desgastada, em minha mão até o almoço. Decidi que era um amuleto, que não a largaria durante o verão. Não sei por que não a perdi, como perco tudo. Está em minha mão hoje, rosada e tépida, e me dá vontade de chorar.

CAPÍTULO IV

O que mais me espantou, nos dias seguintes, foi a extrema gentileza de Anne para com Elsa. Mesmo depois das inumeráveis besteiras que instruíam a conversa de Elsa, ela nunca proferiu nenhuma daquelas frases curtas de que era mestra, frases que teriam ridicularizado a pobre moça. No íntimo, eu lhe louvava a paciência e a generosidade, sem perceber a habilidade que havia de mistura. Meu pai logo teria se cansado daquele joguinho feroz. Mas, ao contrário, era-lhe grato e não sabia o que fazer para expressar a gratidão. Reconhecimento que, aliás, não passava de pretexto. Sem dúvida, tratava-a como mulher respeitadíssima, como segunda mãe de sua filha: até se valia desse trunfo sempre com jeito de quem me confiava à guarda dela, tornando-a um pouco responsável por aquilo que eu era, como que para torná-la mais próxima, para ligá-la mais estreitamente a nós. Mas, com ela, seus olhares e gestos eram para a mulher que não se conhece e se deseja conhecer — no prazer. Os mesmos olhares que eu, surpreendendo às vezes em Cyril, me davam vontade de fugir e, ao mesmo tempo, provocar. Nesse ponto, eu devia ser mais influenciável que Anne; em relação a meu pai, ela demonstrava uma indiferença, uma gentileza calma que me tranquilizavam. Cheguei a acreditar que tinha me enganado no primeiro dia, sem ver que aquela gentileza inequívoca excitava ainda mais meu pai. E principalmente seus silêncios... Seus silêncios tão naturais, tão elegantes. Ao lado do chilrear incessante de Elsa, eles formavam uma espécie de antítese, como o sol e a sombra. Pobre Elsa... Não desconfiava de nada, continuava exuberante e agitada, sempre tão fenecida pelo sol.

Um dia, porém, deve ter entendido, interceptado um olhar de meu pai; antes do almoço eu a vi cochichar alguma coisa no ouvido dele: por um instante, ele fez cara contrariada, de espanto, depois concordou sorrindo. Na hora do café, Elsa se levantou e, chegando à porta, voltou-se para nós com jeito langoroso, eu diria que inspirado no cinema americano, e, pondo na entonação dez anos de galanteria francesa, disse:

— Você vem, Raymond?

Meu pai se levantou, quase enrubesceu e a seguiu, falando dos benefícios da sesta. Anne não se movia. Na ponta de seus dedos, a fumaça do cigarro subia. Eu me senti na obrigação de dizer alguma coisa:

— Dizem que a sesta serve para se descansar, mas acho que essa ideia é falsa...

Parei imediatamente, consciente da ambiguidade de minha frase.

— Por favor — disse Anne, seca.

Ela nem tinha visto ambiguidade. Tinha de imediato visto uma brincadeira de mau gosto. Olhei-a. Seu rosto deliberadamente calmo e relaxado me comoveu. Naquele momento, ela talvez invejasse Elsa com todas as forças. Para consolá-la, tive uma ideia cínica, que me encantou como todas as ideias cínicas que eu pudesse ter: aquilo me dava uma espécie de segurança, de cumplicidade embriagadora comigo mesma. Não consegui deixar de expressá-la:

— Garanto que, com aquelas queimaduras de sol de Elsa, esse tipo de sesta não deve ser muito excitante para nenhum dos dois.

Devia ter ficado calada:

— Detesto esse tipo de insinuação — disse Anne. — Na sua idade, é mais que bobo, é triste.

De repente, fiquei irritada:

— Disse aquilo por brincadeira, desculpe. Tenho certeza de que, no fundo, eles estão muito contentes.

Ela voltou para mim um rosto exasperado. Eu lhe pedi perdão imediatamente. Ela fechou os olhos e começou a falar em voz baixa, paciente:

— Você tem uma ideia de amor um pouco simplista. Não se trata de uma série de sensações independentes umas das outras...

Ocorreu-me que todas as minhas histórias de amor tinham sido assim. Uma emoção súbita diante de um rosto, de um gesto, durante um beijo... Momentos prazerosos, sem coerência, eram só essas as lembranças que eu tinha.

— É outra coisa — dizia Anne. — É carinho constante, delicadeza, sentir saudade do outro... Coisas que você não pode entender.

Fez um gesto evasivo com a mão e pegou um jornal. Eu preferiria que tivesse ficado nervosa, que saísse daquela indiferença resignada diante de minha penúria sentimental. Achei que tinha razão, que eu vivia como um bicho, à mercê dos outros, que era coitada e fraca. Eu me desprezava, e aquilo era terrivelmente penoso, pois não estava acostumada, em geral não me julgava, nem para o bem nem para o mal. Subi para o meu quarto e fiquei matutando. Deitada sobre os lençóis mornos, ainda ouvia as palavras de Anne: "É outra coisa, é sentir saudade do outro." Eu já havia sentido saudade de alguém?

Já não me lembro dos incidentes daqueles quinze dias. Como já disse, não queria ver nada de concreto, de ameaçador. Do restante daquelas férias, claro, lembro-me com muita clareza, porque lhe dediquei toda a minha atenção, toda a minha capacidade. Mas daquelas três semanas, daquelas três semanas felizes, em suma... Em que dia meu pai olhou ostensivamente a boca de Anne, quando repreendeu em voz alta a sua indiferença, fazendo de conta que brincava? Quando comparou, sem sorrir, a sutileza dela com a pouca inteligência de Elsa? Minha tranquilidade baseava-se na ideia boba de que eles se conheciam havia quinze anos e, se tivessem de se amar, teriam começado antes. Pensava: "Se acontecer, meu pai vai ficar interessado durante três meses, e Anne vai guardar algumas lembranças apaixonadas e um pouco de humilhação." E acaso eu não sabia que Anne não era mulher que se abandonasse assim? Mas Cyril estava lá e bastava para ocupar meus pensamentos. Com frequência saíamos juntos à noite para irmos às boates de Saint-Tropez, dançávamos ao som de uma clarineta rouca, trocando palavras de amor que eu esquecia no dia seguinte, mas eram tão doces naquela noite. De dia, velejávamos ao longo da costa. Meu pai às vezes ia conosco. Ele gostava muito de Cyril, principalmente desde que este o deixara ganhar uma aposta de nado crawl. Chamava-o de "menino Cyril", e Cyril o tratava de "senhor", mas eu me perguntava qual dos dois era o adulto.

Certa tarde, fomos tomar chá na casa da mãe de Cyril. Era uma velhota tranquila e sorridente que nos falou de suas dificuldades de viúva e de suas dificuldades de mãe. Meu pai condoeu-se, dirigiu a Anne olhares de reconhecimento, fez numerosos elogios à senhora. Devo admitir que ele nunca temia perder tempo. Anne olhava a cena com um sorriso amável. Na volta, disse que a mulher era simpática. Eu me pus a injuriar as velhotas daquele tipo. Eles me olharam com um sorriso indulgente e divertido que me tirou do sério. Gritei:

— Vocês não percebem que ela é uma convencida? Que está satisfeita da vida porque tem a sensação de ter cumprido o dever e...

— Mas é verdade — disse Anne. — Ela cumpriu seus deveres de mãe e de esposa, como se costuma dizer...

— E o dever de puta? — disse eu.

— Não gosto de grosserias, nem das paradoxais — disse Anne.

— Não tem nada de paradoxal. Ela se casou como todo mundo se casa, por desejo ou porque é costume. Teve um filho, vocês sabem como os filhos chegam?

— Provavelmente não tão bem quanto você — disse Anne com ironia —, mas faço alguma ideia.

— Então criou aquele filho. Na certa se esquivou das angústias, das perturbações do adultério. Teve a vida que milhares de mulheres têm e está orgulhosa disso. Estão entendendo? Ela estava na posição de jovem esposa e mãe burguesa e não fez nada para sair disso. Ela se gaba de não ter feito isto nem aquilo, e não de ter realizado alguma coisa.

— Não faz muito sentido — disse meu pai.

— É um engodo — gritei. — No fim a pessoa diz "cumpri meu dever" porque não fez nada. Se tivesse virado mulher da vida, tendo nascido no meio em que nasceu, aí, sim, teria mérito.

— Você tem ideias que estão na moda, mas sem valor — disse Anne.

Talvez fosse verdade. Eu acreditava no que dizia, mas realmente repetia o que tinha ouvido. Apesar disso, minha vida e a de meu pai corroboravam aquela teoria, e, desprezando-a, Anne me magoava. Podemos nos apegar a futilidades tanto quanto a outras coisas. Mas Anne não me considerava um ser pensante. De repente me parecia urgente e primordial desfazer aquela sua ideia a meu respeito. Eu não acreditava que essa oportunidade aparecesse tão cedo nem que soubesse aproveitá-la. Aliás, admitia sem dificuldade que daí a um mês teria opinião diferente sobre tais coisas, que minhas convicções não durariam. Como é que eu poderia ter grandeza de alma?

CAPÍTULO V

Então, um dia, foi o fim. Certa manhã, meu pai decidiu que iríamos à noite para Cannes, jogar e dançar. Lembro-me da alegria de Elsa. No ambiente dos cassinos, que lhe era familiar, ela acreditava que recuperaria sua personalidade de mulher fatal, um tanto atenuada pelas queimaduras de sol e pela solidão quase completa em que vivíamos. Contrariando minhas previsões, Anne não se opôs àquela badalação; pareceu-me até bem contente. Portanto, foi sem nenhuma preocupação que, terminado o jantar, subi ao meu quarto para pôr um vestido de noite, aliás o único que eu possuía. Tinha sido escolhido por meu pai; era feito de um tecido exótico, um pouco exótico demais para mim, sem dúvida, pois meu pai, fosse por gosto, fosse por hábito, costumava me vestir como mulher fatal. Encontrei-o no andar de baixo, deslumbrante com um smoking novo, e enlacei seu pescoço com meus braços.

— Você é o homem mais bonito que eu conheço.

— Depois do Cyril — disse sem acreditar. — E você é a moça mais bonita que eu conheço.

— Depois de Elsa e Anne — disse eu sem acreditar no que estava dizendo.

— E, já que elas não estão aqui e se dão ao luxo de nos deixar esperando, venha dançar com seu velho pai e seus reumatismos.

Eu reencontrava a euforia que antecedia nossas saídas. Ele, na verdade, não tinha nada de velho pai. Dançando, aspirei seu perfume conhecido de água-de-colônia, calor, tabaco. Ele dançava no ritmo, com os olhos semicerrados e, nos cantos dos lábios, um sorrisinho feliz, irreprimível como o meu.

— Você precisaria me ensinar a dançar *bebop* — disse, esquecido de seus reumatismos.

Parou de dançar para acolher com um murmúrio maquinal e lisonjeiro a chegada de Elsa. Ela vinha descendo a escada devagar, com um vestido verde e um sorriso desenxabido de mundana, seu sorriso de cassino. Tinha extraído o máximo dos cabelos ressecados e da pele queimada de sol, meritório, mas com resultados nada brilhantes. Felizmente ela não parecia perceber.

— Vamos?

— Anne ainda não desceu — informei.

— Suba para ver se ela está pronta — disse meu pai. — Até chegarmos em Cannes será meia-noite.

Subi os degraus tolhida pelo vestido e bati à porta de Anne. De dentro, mandou-me entrar. Parei na soleira. Ela estava com um vestido cinzento, de um cinzento extraordinário, quase branco, ao qual a luz aderia, como à aurora certos matizes do mar. Naquela noite todos os encantos da maturidade pareciam reunidos nela.

— Magnífico! — exclamei. — Ah! Anne, que vestido!

Ela sorriu no espelho como se sorri para alguém que se vai deixar.

— Este cinzento é um sucesso — disse ela.

— "Você" é um sucesso — respondi.

Ela me segurou pela orelha e me olhou. Tinha olhos azul-escuros. Eu os vi iluminar-se, sorrir.

— Você é uma menina gentil, se bem que às vezes cansativa.

Passou pela minha frente sem comentar meu vestido, o que me deixou feliz e mortificada ao mesmo tempo. Desceu a escada na frente, e vi meu pai vir a seu encontro. Ele parou com o pé sobre o primeiro degrau e o rosto erguido para ela. Elsa também a olhava descer. Lembro-me exatamente daquela cena: em primeiro plano, na minha frente, a nuca dourada, os ombros perfeitos de Anne; um pouco abaixo, o rosto deslumbrado de meu pai, sua mão estendida e, já bem afastada, a silhueta de Elsa.

— Anne, você está extraordinária — disse meu pai.

Ela lhe sorriu ao passar e pegou seu casaco.

— Nós nos encontramos lá? — perguntou. — Cécile, você vem comigo?

Deixou-me dirigir. A estrada estava tão bonita à noite que eu ia devagar. Anne não dizia nada. Nem parecia notar os trompetes endiabrados do rádio. Quando o cabriolé de meu pai nos ultrapassou numa curva, ela não piscou. Eu me sentia fora do páreo, diante de um espetáculo no qual já não podia intervir.

No cassino, meu pai deu um jeito de nos perdermos de vista. Acabei no bar, com Elsa e um conhecido seu, um sul-americano meio bêbado. Trabalhava com teatro e, apesar do estado em que estava, continuava interessante por causa da paixão que tinha pelo que fazia. Passei cerca de uma hora agradável com ele, mas Elsa se aborrecia. Conhecia um ou dois monstros sagrados, mas a técnica teatral não lhe interessava. Perguntou-me de repente onde estava meu pai, como se eu pudesse saber, e afastou-se. O sul-americano pareceu entristecido por um momento, mas outro uísque lhe deu nova vida. Eu não pensava em nada, estava eufórica e havia participado das suas libações por delicadeza. As coisas ficaram ainda mais loucas quando ele quis dançar. Eu era obrigada a abraçá-lo para ele não cair e tirar meus pés de baixo dos dele, o que exigia muita energia. Ríamos tanto que, quando Elsa bateu no meu ombro e vi sua cara de Cassandra, estive a ponto de mandá-la para o inferno.

— Eu não os encontro — disse.

Tinha expressão consternada; o pó de arroz havia desertado de seu rosto, deixando-o brilhante, com ar cansado. Ela estava lastimável. De repente, senti muita raiva de meu pai. Ele era de uma falta de educação inconcebível.

— Ah! Já sei onde eles estão — disse eu, sorrindo, como se fosse coisa muito natural, na qual ela poderia pensar sem nenhuma preocupação. — Já volto.

Sem meu apoio, o sul-americano caiu nos braços de Elsa e deu a impressão de estar bem acomodado. Saí pensando com tristeza que ela era mais carnuda, e eu não poderia me zangar com ele por isso. O cassino era grande: dei duas voltas nele sem resultado. Fiz uma busca nos terraços e, finalmente, pensei no carro.

Demorei algum tempo para encontrá-lo no estacionamento. Estavam lá. Cheguei por trás e os avistei pelo vidro traseiro. Vi os dois perfis muito próximos e sérios, estranhamente belos sob a luz do local. Olhavam-se, deviam estar falando em voz baixa, eu via seus lábios movendo-se. Tive vontade de ir embora, mas, pensando em Elsa, decidi abrir a porta. A mão de meu pai estava sobre o braço de Anne, eles mal me olharam.

— Estão se divertindo? — perguntei em tom gentil.

— O que houve? — perguntou meu pai com irritação. — O que está fazendo aqui?

— E vocês? Faz uma hora que a Elsa está procurando em todos os lugares.

Anne voltou a cabeça para mim, devagar, como a contragosto:

— Nós vamos voltar para casa. Diga a ela que fiquei cansada e seu pai me levou. Depois que se divertirem bastante, vocês podem voltar para casa com o meu carro.

Eu tremia de indignação, não encontrava palavras.

— Depois que a gente se divertir bastante! Mas vocês não percebem! É repulsivo!

— O que é repulsivo? — perguntou meu pai com espanto.

— Você traz uma moça ruiva para a praia, com um sol que ela não aguenta e, quando ela fica toda descascada, você a larga. Assim é fácil! E eu, o que é que vou dizer à Elsa?

Anne tinha se voltado para ele, com expressão cansada. Ele sorria para ela, não me dava ouvidos. Eu estava chegando às raias da exasperação:

— Eu vou... eu vou dizer que o meu pai encontrou outra mulher com quem se deitar, que ela passe noutra hora, é isso?

A exclamação de meu pai e a bofetada de Anne foram simultâneas. Tirei a cabeça bem depressa da porta. Doía.

— Peça desculpas — disse meu pai.

Continuei imóvel perto da porta, em meio a um turbilhão de pensamentos. As atitudes nobres sempre acodem tarde demais à minha mente.

— Venha aqui — disse Anne.

Ela não parecia ameaçadora, eu me aproximei. Ela pôs a mão em minha face e falou baixinho, devagar, como se eu fosse burrinha:

— Seja boazinha, lamento muito por Elsa. Mas você é suficientemente sensível para resolver isso da melhor maneira. Amanhã esclarecemos tudo entre nós. Te machuquei?

— Não, imagine — respondi educadamente.

Aquela delicadeza súbita e meu excesso de violência anterior davam-me vontade de chorar. Vi-os partir, sentindo-me completamente exaurida. Meu único consolo era pensar em minha sensibilidade. Voltei devagar para o cassino, onde reencontrei Elsa com o sul-americano agarrado ao seu braço.

— Anne ficou doente — disse eu com ligeireza. — Meu pai precisou levá-la para casa. Vamos beber alguma coisa?

Ela me olhava sem responder. Busquei um argumento convincente:

— Ela teve ânsia de vômito — disse eu. — Horrível, ficou com o vestido todo manchado.

Aquele detalhe me parecia de uma veracidade gritante, mas Elsa começou a chorar, baixinho, com tristeza. Fiquei olhando para ela, sem ação.

— Cécile — disse ela —, ah! Cécile, nós éramos tão felizes...

Seus soluços redobraram. O sul-americano também começou a chorar, repetindo "Nós éramos tão felizes, tão felizes." Naquele momento, detestei Anne e meu pai. Teria feito qualquer coisa para impedir que a pobre Elsa chorasse, que seu rímel derretesse, que aquele americano ficasse soluçando.

— Essa história ainda não acabou, Elsa. Volte comigo.

— Eu logo vou buscar as minhas malas — respondeu soluçando. — Até logo, Cécile, a gente se entendia tão bem.

Com ela eu só tinha falado do tempo ou de moda, no entanto parecia que estava perdendo uma velha amiga. Dei meia-volta rápida e corri para o carro.

CAPÍTULO VI

A manhã seguinte foi difícil, provavelmente por causa dos uísques da véspera. Acordei no escuro, atravessada na cama, com a boca seca, os membros insuportavelmente suados. Um raio de sol filtrava-se pelas ripas da veneziana, de onde a poeira subia em fileiras cerradas. Eu não sentia vontade de me levantar, nem de ficar na cama. Perguntava-me se Elsa voltaria, que cara teriam Anne e meu pai naquela manhã. Obrigava-me a pensar neles para me levantar sem perceber o esforço. Finalmente consegui e me vi com os pés nos ladrilhos frescos do quarto, doída, aturdida. O espelho me entregava um reflexo triste, apoiei-me nele: olhos dilatados, boca inchada, rosto estranho, o meu... Será que eram aqueles lábios, aquelas proporções, aqueles limites odiosos e arbitrários que me tornavam fraca e covarde? E, se eu era limitada, por que percebia que o era de maneira tão nítida, tão contrária a mim mesma? Achei divertido me detestar, odiar aquele rosto de lobo, enrugado e fenecido pela depravação. Comecei a repetir baixinho a palavra depravação, olhando-me nos olhos, e, de repente, me vi sorrir. Que depravação, que nada: uns míseros tragos, uma bofetada e alguns soluços. Escovei os dentes e desci.

Meu pai e Anne já estavam no terraço, sentados lado a lado, diante da bandeja do desjejum. Eu disse um bom-dia vago, sentei-me de frente para eles. Por pudor, não ousei olhá-los, até que o silêncio deles me obrigou a erguer os olhos. Anne tinha o rosto cansado, único sinal de uma noite de amor. Os dois sorriam, com ar de felicidade. Aquilo me impressionou: a felicidade sempre me pareceu uma ratificação, um sucesso.

— Dormiu bem? — perguntou meu pai.

— Mais ou menos — respondi. — Bebi uísque demais ontem à noite.

Despejei café numa xícara para mim, experimentei, mas logo a devolvi. No silêncio deles havia uma espécie de intensidade, de expectativa, que me constrangia. Eu estava cansada demais para suportar aquilo por muito tempo.

— O que está acontecendo? Estão com cara de mistério.

Meu pai acendeu um cigarro com um gesto que pretendia ser tranquilo. Anne me olhava, claramente desconcertada, pela primeira vez.

— Queria lhe perguntar uma coisa — disse, por fim.

Preparei-me para o pior:

— Mais um recado para a Elsa?

Ela desviou o rosto e voltou-o para meu pai:

— Seu pai e eu gostaríamos de nos casar — disse ela.

Olhei-a fixamente, depois olhei para meu pai. Por um minuto, esperei dele algum sinal, uma piscada, que me deixaria indignada e, ao mesmo tempo, tranquilizada. Ele olhava para as mãos. Eu pensava: "Não é possível." Mas já sabia que era verdade.

— Ótima ideia — respondi, para ganhar tempo.

Eu não conseguia entender: meu pai, tão obstinadamente contrário ao casamento, às amarras, decidir em uma noite... Aquilo mudava toda a nossa vida. Perdíamos a independência. Vislumbrei então nossa vida a três, uma vida subitamente equilibrada pela inteligência, pelo refinamento de Anne, aquela vida que eu invejava. Amigos inteligentes, sensíveis, noites felizes, tranquilas... De repente, desprezei os jantares tumultuosos, os sul-americanos, as Elsas. Fui invadida por um sentimento de superioridade, de orgulho.

— Ótima, ótima ideia — repetia, sorrindo para eles.

— Meu gatinho, eu sabia que você ficaria contente — disse meu pai.

Ele estava relaxado, encantado. Redesenhado pelos labores do amor, o rosto de Anne parecia mais acessível, meigo como eu nunca tinha visto.

— Venha cá, meu gatinho — disse meu pai.

Estendia-me as duas mãos, atraía-me para si, para ela. Eu estava quase ajoelhada diante deles, que me olhavam com terna emoção, acariciando minha cabeça. Quanto a mim, não parava de pensar que minha vida talvez estivesse se transformando naquele momento, mas que eu, efetivamente, não passava de um gatinho, de um bichinho afetuoso. Sentia-os acima de mim, unidos por um passado, por um futuro, por elos que eu não conhecia, que não podiam reter-me. Voluntariamente, fechei os olhos, apoiei a cabeça nos joelhos deles, ri com eles, retomei meu papel. Aliás, eu não estava feliz? Anne era ótima, eu não conhecia nenhuma mesquinhez da parte dela. Ela me guiaria, me desincumbiria de minha vida, me indicaria o melhor caminho em todas as circunstâncias. Eu me tornaria uma pessoa realizada, e meu pai comigo.

Meu pai levantou-se para ir buscar uma garrafa de champanhe, eu estava agoniada. Ele era feliz, é o que importava, mas eu o havia visto feliz tantas vezes por causa de mulher...

— Eu tinha um pouco de medo de você — disse Anne.

— Por quê? — perguntei.

Ouvindo-a, tive a impressão de que meu veto poderia ter impedido o casamento de dois adultos.

— Meu receio era que você tivesse medo de mim — disse ela e começou a rir.

Comecei a rir também, pois, de fato, eu tinha um pouco de medo dela. Com aquilo ela queria dizer que isso era de seu conhecimento e, ao mesmo tempo, inútil.

— Não lhe parece ridículo esse casamento de velhos?

— Vocês não são velhos — respondi com toda a convicção necessária, pois meu pai voltava valsando, abraçado a uma garrafa.

Sentava-se ao lado de Anne, punha o braço em torno dos ombros dela. Ela movimentou o corpo na direção dele, e isso me fez baixar os olhos. Provavelmente era por aquilo que ela se casava: pelo riso dele, por aquele braço rijo e reconfortante, pela vitalidade, pelo calor dele. Quarenta anos, o medo da solidão, talvez as últimas irrupções dos sentidos... Eu nunca tinha pensado em Anne como mulher, mas como entidade: tinha visto nela segurança, elegância, inteligência, mas nunca sensualidade, fraqueza... Entendia que meu pai estivesse orgulhoso: a altiva, a indiferente Anne Larsen casava-se com ele. E ele a amava, poderia amá-la por muito tempo? E eu era capaz de distinguir aquela afeição da afeição que ele tinha por Elsa? Fechei os olhos, o sol me entorpecia. Estávamos os três no terraço, cheios de reservas, de temores secretos e de felicidade.

Elsa não voltou naqueles dias. Uma semana passou muito depressa. Sete dias felizes, agradáveis, os únicos. Fazíamos planos complicados de decoração, de horários. Meu pai e eu nos deleitávamos em criar horários apertados, difíceis, com a inconsciência de quem nunca os conheceu. Aliás, alguma vez acreditamos naquilo? Voltar para almoçar ao meio-dia e meia todos os dias no mesmo lugar, jantar em casa, não sair depois: meu pai acreditava realmente que era possível? No entanto, ele enterrava a boêmia com alegria, preconizava a ordem, a vida burguesa, elegante, organizada. Provavelmente, para ele, assim como para mim, aquilo não passava de idealização.

Daquela semana guardei uma lembrança que hoje gosto de aprofundar para me experimentar. Anne estava relaxada, confiante, de uma delicadeza imensa, meu pai a amava. Eu os via descer de manhã, apoiados um no outro, rindo, com olheiras, e adoraria, juro, que aquilo durasse a vida toda. À noite descíamos com frequência, para beber um aperitivo na calçada de algum bar à beira-mar. Em todo lugar éramos vistos como uma família unida, normal, e eu, habituada a sair sozinha com meu pai e a receber sorrisos, olhares maliciosos ou apiedados, sentia a imensa alegria de recuperar o papel próprio à minha idade. O casamento seria em Paris, na volta das férias.

O coitado do Cyril não tinha deixado de sentir certa estupefação ao ver nossas transformações interiores. Mas aquele desfecho legalizado o deixava feliz. Velejávamos juntos, beijávamo-nos à vontade e, às vezes, enquanto ele apertava seus lábios sobre os meus, eu me lembrava do rosto de Anne, rosto suavemente abatido pela manhã, aquela espécie de lentidão, de indolência feliz que o amor conferia a seus gestos, e a invejava. Os beijos se esgotam, e, provavelmente, se Cyril tivesse me amado menos, eu teria me tornado sua amante naquela semana.

Às seis horas, voltando das ilhas, Cyril puxava o barco para a areia. Atingíamos a casa pelo pinheiral e, para nos aquecermos, brincávamos de índio e apostávamos corridas em que Cyril partia em desvantagem. Normalmente ele me alcançava antes da casa, caía sobre mim gritando vitória, fazia-me rolar entre as agulhas dos pinheiros, me imobilizava, me beijava. Ainda me lembro do gosto daqueles beijos ofegantes, ineficazes, e do bulício do coração de Cyril contra o meu, no compasso do rebentar das ondas na areia... Um, dois, três, quatro batimentos de coração e o suave barulho na areia, um, dois, três... um: ele recuperava o fôlego, seu beijo se tornava mais preciso, apertado, eu deixava de ouvir o barulho do mar, mas em meus ouvidos os passos rápidos e seguidos de meu próprio sangue.

Certa tardinha fomos separados pela voz de Anne. Cyril se achava deitado sobre mim, estávamos seminus na luz carregada de arrebóis e sombras do crepúsculo, e entendo que isso tenha induzido Anne em erro. Ela disse meu nome em tom seco.

Cyril se levantou de um salto, envergonhado, claro. Eu também me levantei, mais devagar e olhando para Anne. Ela se voltou para Cyril e lhe falou baixinho, como se não o visse:

— Espero não o ver mais.

Ele não respondeu, inclinou-se para mim e beijou meu ombro, antes de se afastar. Aquele gesto me surpreendeu, me comoveu como se fosse um compromisso. Anne me fixava, com aquela mesma expressão séria e distante, como se estivesse pensando em outra coisa. Aquilo me aborreceu: se estava pensando em outra coisa, não devia falar tanto. Fui em sua direção, fingindo estar encabulada, por pura cortesia. Ela tirou maquinalmente uma agulha de pinheiro do meu pescoço e deu a impressão de me enxergar de fato. Eu a vi assumir sua bela máscara de desdém, aquela expressão de desânimo e desaprovação que a tornava especialmente bonita e me dava um pouco de medo:

— Você deveria saber que esse tipo de divertimento em geral termina numa clínica — disse.

Falava em pé, com o olhar fixo em mim, e eu me sentia horrivelmente incomodada. Ela era dessas mulheres que conseguem falar eretas, sem se mexer; eu, ao contrário, precisava de uma poltrona, do socorro de um objeto para segurar, de um cigarro, de minha perna balançando, de a olhar balançar...

— Não precisa exagerar — disse eu sorrindo. — Foi só um beijo em Cyril, isso não vai me levar para clínica nenhuma...

— Faça-me o favor de não voltar a vê-lo — disse, como se acreditasse numa mentira. — Não reclame: você tem dezessete anos, eu sou um pouco responsável por você agora e não vou deixar que estrague a sua vida. Aliás, precisa estudar, isso vai ocupar suas tardes.

Deu-me as costas e dirigiu-se para a casa com seus passos indolentes. Consternada, fiquei pregada ao chão. Ela pensava o que dizia e acolhia meus argumentos e minhas negações com aquela forma de indiferença que era pior que desprezo, como se eu não existisse, como se eu fosse uma coisa que precisava ser domada, e não eu mesma, Cécile, que ela conhecia desde sempre, eu, enfim, que ela teria tolerado castigar daquele modo. Minha única esperança era meu pai. Ele reagiria como de costume: "Quem é esse rapaz, meu gatinho? É bonito e saudável, pelo menos? Desconfie dos safados, filhinha." Ele precisava reagir dessa maneira, ou minhas férias estavam acabadas.

O jantar transcorreu como um pesadelo. Em nenhum momento Anne dissera: "Não vou contar ao seu pai, não sou delatora, mas você vai prometer estudar." Esse tipo de cálculo não era de seu feitio. Eu me alegrava com isso e, ao mesmo tempo, sentia raiva dela, pois, com esse ato, teria motivo para desprezá-la. Ela evitou esse passo em falso, como sempre, e só depois da sopa pareceu se lembrar do incidente.

— Gostaria que você desse alguns bons conselhos à sua filha, Raymond. Eu a encontrei no pinheiral com Cyril, hoje ao anoitecer, e eles pareciam estar em ótimas relações.

Meu pai tentou levar na brincadeira, coitado:

— O que quer dizer isso? O que eles estavam fazendo?

— Eu o beijava — gritei com veemência. — Anne achou...

— Eu não achei nada — atalhou-me. — Mas acho que seria bom ela parar de se encontrar com ele por algum tempo e estudar um pouco de filosofia.

— Coitadinha — disse meu pai... — Esse Cyril é bom rapaz, afinal?

— Cécile também é boa moça — disse Anne. — Por isso eu ficaria muito triste se lhe acontecesse algum acidente. E, em vista da total liberdade que ela tem aqui, da companhia constante desse rapaz e do ócio dos dois, isso me parece inevitável. A você não?

Ao ouvir esse "a você não?", ergui os olhos e meu pai baixou os dele, muito aborrecido:

— Certamente tem razão — disse ele. — É, pensando bem, você deveria estudar um pouco, Cécile. Afinal, não vai querer ser reprovada em filosofia!

— Para mim tanto faz — respondi rapidinho.

Ele me olhou e imediatamente desviou o olhar. Eu estava acabrunhada. Percebia que a despreocupação é o único sentimento capaz de inspirar nossa vida sem dispor de argumentos para se defender.

— Vejamos — disse Anne, segurando minha mão por cima da mesa —, você vai trocar a personagem de moça dos bosques pelo de boa estudante apenas durante um mês. Não é tão grave, não?

Ela me olhava, ele me olhava sorrindo: daquele ponto de vista, a questão era simples. Retirei minha mão devagarinho:

— É grave, sim — respondi.

Disse isso tão baixo que ou não me ouviram ou não quiseram ouvir. Na manhã seguinte, vi-me diante de uma frase de Bergson e precisei de alguns minutos para entendê-la: "Por mais heterogeneidade que se possa de início encontrar entre os fatos e a causa, e embora haja grande distância entre uma norma de conduta e uma afirmação sobre o fundo das coisas, foi sempre no contato com o princípio gerador da espécie humana que sentimos estar haurindo a força de amar a humanidade." Repeti a frase, primeiro baixinho, para não me exasperar, depois em voz alta. Segurei a cabeça com as mãos e olhei o texto com atenção. Por fim, entendi e me senti tão fria, tão impotente quanto ao ler pela primeira vez. Não conseguia continuar; olhei as linhas seguintes, sempre com aplicação e boa vontade, e de repente alguma coisa se ergueu em mim como uma ventania e me jogou na cama. Pensei em Cyril, à minha espera na enseada dourada, no doce balanço do barco, no gosto de nossos beijos, e pensei em Anne. Pensei nela de tal maneira que me sentei na cama, com o coração batendo e dizendo que aquilo era estúpido e monstruoso, que eu não passava de criança mimada e preguiçosa e que não tinha o direito de pensar daquele modo. Mas, mesmo não querendo, continuei matutando e concluí que ela era nociva e perigosa, que era preciso afastá-la de nosso caminho. Lembrava-me daquela refeição que acabava de passar mordendo a língua. Ferida, vencida pelo rancor, sentimento que desprezava em mim, que me sentia ridícula por sentir... Sim, era disso mesmo que eu culpava Anne; ela me impedia de me amar. Eu, tão naturalmente feita para a felicidade, a amabilidade, a despreocupação, entrava por intermédio dela num mundo de repreensões e consciência pesada, no qual eu, inexperiente demais na introspecção, me perdia. E o que ela me dava? Dimensionei sua força: ela quisera meu pai, tinha conseguido; aos poucos, faria de nós o marido e a enteada de Anne Larsen. Quer dizer, seres civilizados, bem-educados e felizes. Pois ela nos tornaria felizes; eu sentia perfeitamente a facilidade com que nós, seres instáveis, cederíamos à atração do enquadramento, de não mais respondermos por nós mesmos. Ela era muito eficiente. Meu pai já estava se afastando de mim; aquela expressão dele contrariada, esquiva, à mesa, me obcecava, me torturava. Lembrava-me, com vontade de chorar, de todas as nossas antigas cumplicidades, de nossas risadas quando voltávamos para casa de carro ao amanhecer, pelas ruas enevoadas de Paris. Tudo aquilo estava acabado. Eu, então, seria influenciada, remodelada, orientada por Anne. E nem sequer sofreria: ela agiria com inteligência, ironia, delicadeza, eu não era capaz de resistir; mais seis meses, e nem teria mais vontade de resistir.

Eu precisava me livrar daquilo de qualquer jeito, recuperar meu pai e nossa vida de antes. De repente, com que encantos se revestiam, para mim, os dois anos alegres e inconsequentes que eu acabava de passar! Dois anos que eu renegara tão depressa no outro dia... Liberdade de pensar, de pensar mal e de pensar pouco, liberdade de escolher minha própria vida, de me escolher a mim mesma. Não posso dizer "de ser eu mesma" porque não passava de massa moldável, mas sim a liberdade de recusar os moldes.

Sei que, para essa mudança, é possível alegar motivos complicados, que é possível me atribuir magníficos complexos: amor incestuoso por meu pai ou paixão doentia por Anne. Mas eu conheço as causas reais: foram o calor, Bergson, Cyril ou, pelo menos, a ausência de Cyril. Pensei toda a tarde numa sequência de sensações desagradáveis, mas todas provenientes daquela descoberta: estávamos à mercê de Anne. Eu não estava acostumada a refletir, e aquilo me tornava irritadiça. À mesa, tal como pela manhã, não abri a boca. Meu pai se sentiu na obrigação de brincar comigo:

— O que mais aprecio na juventude é o ânimo, a conversa...

Olhei para ele com raiva, com dureza. Era verdade que ele gostava da juventude, e com quem havia eu conversado, se não com ele? Tínhamos falado de tudo: amor, morte, música. Ele mesmo estava me abandonando, me desarmando. Olhei para ele e pensei: "Você já não gosta de mim como antes, está me traindo." E tentei fazê-lo compreender sem falar; eu estava dramatizando. Ele também me olhou, subitamente alarmado, talvez entendendo que aquilo tinha deixado de ser brincadeira e que nosso bom entendimento estava em perigo. Vi que ele ficou petrificado, inquiridor. Anne voltou-se para mim:

— Não está com cara boa, fiquei com remorso de obrigá-la a estudar.

Não respondi, estava me odiando demais por aquela espécie de drama que havia montado e já não conseguia frear. Tínhamos acabado de jantar. No terraço, dentro do retângulo luminoso projetado pela janela da sala de jantar, vi a mão de Anne, mão longa e viva, oscilar e encontrar a de meu pai. Pensei em Cyril, queria que ele me tomasse nos braços, naquele terraço coalhado de cigarras e de luar. Queria ser acariciada, consolada, reconciliada comigo mesma. Meu pai e Anne estavam calados: tinham diante de si uma noite de amor, eu tinha Bergson. Tentei chorar, sentir pena de mim; em vão. Era de Anne que eu já tinha pena, como se tivesse certeza de que a venceria.

SEGUNDA PARTE

CAPÍTULO I

A nitidez de minhas lembranças a partir daquele momento é espantosa. Eu estava adquirindo uma consciência mais atenta dos outros e de mim mesma. Em mim, a espontaneidade e um egoísmo fácil sempre tinham sido um luxo natural. Sempre havia vivido assim. Acontece que aqueles poucos dias tinham me perturbado tanto que fui levada a refletir, a me observar vivendo. Eu estava passando por todas as angústias da introspecção, sem, apesar disso, me reconciliar comigo mesma. Pensava: "Esse sentimento por Anne é bobo e mesquinho, assim como é feroz esse desejo de separá-la de meu pai." Mas, afinal, por que me julgar assim? Eu, sendo simplesmente eu, não era livre para sentir o que acontecia. Pela primeira vez na vida, aquele "eu" parecia se dividir, e a descoberta de tal dualidade causava em mim um espanto prodigioso. Encontrava boas desculpas e as murmurava para mim, julgando-me sincera, mas, de repente, surgia outro "eu", que vinha contestar meus próprios argumentos, gritando que estava enganando a mim mesma, apesar de todas as aparências de verdade. Mas, na realidade, não era essa outra que me enganava? Aquela lucidez não era o pior dos erros? Lutava horas inteiras no meu quarto para saber se o medo e a hostilidade que Anne agora me inspirava eram justificáveis ou se eu não passava de garota egoísta e mimada com pretensões a uma falsa independência.

Enquanto isso, ia emagrecendo um pouco a cada dia, na praia não fazia outra coisa senão dormir e, às refeições, mesmo não querendo, mantinha-me num silêncio ansioso que acabava por incomodá-los. Olhava para Anne, espionando-a o tempo todo, pensando durante toda a refeição: "Esse gesto que ela fez para ele por acaso não é amor, um amor como ele nunca mais terá outro? E esse sorriso para mim, com essa sombra de preocupação no olhar, como posso reprová-la por ele?" Mas, de repente, ela dizia: "Quando voltarmos, Raymond..." Então, a ideia de que ela ia compartilhar nossa vida, interferir nela, me ouriçava. Ela me parecia apenas habilidade e frieza. E eu pensava: "Ela é fria, nós somos calorosos; ela é autoritária, nós somos independentes; ela é indiferente: não se interessa pelas pessoas, nós somos apaixonados por elas; ela é reservada, nós somos alegres. Só nós dois somos vivos, e ela vai se insinuar entre nós com sua tranquilidade, vai se aquecer, tomar de nós, aos poucos, o bom calor despreocupado, vai nos roubar tudo, como uma bela serpente." E repetia para mim mesma bela serpente... bela serpente! Ela me passava o pão, e de repente eu acordava e pensava: "Que loucura, é Anne, a Anne inteligente, a que cuidou de você. Essa frieza é sua forma de vida, você não pode ver cálculo nisso; sua indiferença a protege de mil coisinhas sórdidas, é uma marca de nobreza." Bela serpente... Eu me sentia empalidecer de vergonha, olhava para ela, suplicava-lhe baixinho que me perdoasse. Às vezes, ela surpreendia esses olhares, e em seu rosto pairava a sombra do espanto, da incerteza, interrompendo suas frases. Instintivamente, ela buscava o olhar de meu pai, que a olhava com admiração ou desejo, sem compreender a causa daquela preocupação. Por fim, eu ia conseguindo, aos poucos, tornar a atmosfera sufocante e me detestava por isso.

Meu pai sofria tanto quanto lhe era possível. Quer dizer, pouco, porque estava louco por Anne, louco de orgulho e prazer e só vivia para isso. Um dia, porém, estava eu cochilando na praia, após o banho da manhã, ele se sentou perto de mim e ficou me olhando. Eu sentia seu olhar pesar sobre mim. Ia me levantar e convidá-lo a entrar na água com uma alegria falsa que estava se tornando habitual, quando pôs a mão na minha cabeça e elevou a voz, dizendo num tom lamentável:

— Anne, venha ver este mosquitinho, como está magro. Se o estudo estiver dando esse resultado, melhor parar.

Ele achava que consertaria tudo assim e, sem dúvida, dez dias antes teria consertado. Mas eu havia chegado bem mais longe nas complicações, e as horas de estudo à tarde já não me incomodavam, visto que eu não tinha aberto nenhum livro desde Bergson.

Anne vinha chegando. Fiquei deitada de bruços na areia, atenta ao ruído abafado de seus passos. Ela se sentou do outro lado e murmurou:

— De fato, não está dando certo. Aliás, era só ela estudar de verdade, em vez de ficar dando voltas no quarto...

Eu tinha me virado, eu olhava para eles. Como ela sabia que eu não estudava? Talvez até tivesse adivinhado meus pensamentos, eu a considerava capaz de tudo. Essa ideia me deu medo:

— Eu não fico dando voltas no quarto — protestei.
— É saudade daquele rapaz? — perguntou meu pai.
— Não!

Era mentira até certo ponto. Mas é verdade que eu não tivera tempo de pensar em Cyril.

— De qualquer modo você não está bem — disse meu pai com severidade. — Anne, está vendo? Parece um franguinho destripado e assado no sol.

— Minha querida Cécile — disse Anne —, faça um esforço. Estude um pouco e coma muito. Esse exame é importante...

— Estou pouco ligando para esse exame — gritei. — Está entendendo? Estou pouco ligando!

Olhei para ela com desespero, bem nos olhos, para ela entender que era mais grave que um exame. Bastaria que ela dissesse "então o que é?", que me bombardeasse com perguntas, que me forçasse a contar tudo. E aí me convenceria, decidiria o que quisesse, mas nesse caso eu deixaria de estar infestada por aqueles sentimentos ácidos e deprimentes. Ela me olhava atenta, eu via o azul-da-prússia de seus olhos ensombrecidos pela atenção, pela reprovação. E compreendi que ela nunca pensaria em me interrogar, em me libertar, porque essa ideia nem sequer lhe ocorria e porque ela considerava que isso não se faz. E porque também não me atribuía nenhum daqueles pensamentos que me devoravam ou, se atribuísse, seria com desdém e indiferença. Tudo o que eles mereciam, aliás! Anne sempre concedia às coisas sua importância exata. É por isso que nunca, nunca, eu poderia me entender com ela.

Joguei-me de volta na areia com violência, apoiei a face na maciez quente da praia, suspirei, tremi um pouco. A mão de Anne, tranquila e segura, pousou na minha nuca, imobilizou-me por um instante, tempo suficiente para que meu tremor nervoso passasse.

— Não complique a vida — disse. — Você, que estava tão contente e agitada, você, que é cabecinha de vento, está se tornando cerebral e triste. Não é uma personagem que lhe cai bem.

— Eu sei — respondi. — Sou o ser jovem, inconsciente e sadio, cheio de alegria e estupidez.

— Venha almoçar — disse ela.

Meu pai se afastara; detestava aquele tipo de discussão; fomos de mãos dadas por todo o caminho. A mão dele era firme e reconfortante: havia enxugado as lágrimas de minha primeira dor de amor, segurado a minha nos momentos de tranquilidade e felicidade perfeita, apertando-a furtivamente nos momentos de cumplicidade e de sonoras risadas. Aquela mão no volante ou nas chaves, à noite, buscando em vão a fechadura, aquela mão no ombro de uma mulher ou com um cigarro, aquela mão já não podia fazer nada por mim. Eu a apertei com muita força. Voltando-se para mim, ele me sorriu.

CAPÍTULO II

Passaram-se dois dias, eu vivia um círculo vicioso, esgotava-me. Não conseguia me livrar daquela obsessão: Anne ia destruir nossa existência. Não tentava me encontrar com Cyril, que teria me tranquilizado, proporcionado alguma felicidade, eu não tinha vontade. Sentia até certo prazer em me fazer perguntas sem resposta, em me lembrar dos dias passados, em temer os vindouros. Estava muito quente; no meu quarto reinava a penumbra, janelas fechadas, o que não bastava para acabar com o abafamento e a umidade insuportável do ar. Eu ficava na cama, deitada de costas, olhando o teto, mal me mexendo para encontrar um pedaço fresco de lençol. Não dormia, mas punha no toca-discos que ficava ao pé da cama discos lentos, sem melodia, só cadenciados. Fumava muito, achava-me decadente e gostava. Mas aquele jogo não era suficiente para me lograr: eu estava triste, desorientada.

Uma tarde, a arrumadeira bateu à minha porta e me avisou, com ar de mistério, que havia alguém lá embaixo. Logo pensei em Cyril. Desci, mas não era ele. Era Elsa. Ela apertou minhas mãos com efusividade. Olhei para ela e me surpreendi com sua beleza renovada. Ela finalmente estava bronzeada, com um bronze claro e regular, muito cuidado, radiante de juventude.

— Vim pegar minhas malas — disse. — Juan me comprou uns vestidos nesses dias, mas não foram suficientes.

Por um instante me perguntei quem seria Juan e não pensei mais no assunto. Sentia prazer em reencontrar Elsa: ela trazia consigo um clima de mulher sustentada por amantes, de bares, de noitadas fáceis que me lembravam dias felizes. Disse-lhe que estava contente por revê-la, e ela afirmou que sempre tínhamos nos dado bem, pois havia vários pontos em comum entre nós. Disfarcei um ligeiro arrepio e convidei-a a subir ao meu quarto, para evitar encontrar meu pai e Anne. Quando lhe falei de meu pai, ela não conseguiu reprimir um ligeiro movimento da cabeça e imaginei que talvez o amasse ainda... apesar de Juan e de seus vestidos. Também imaginei que, três semanas antes, eu não teria notado aquele movimento.

No quarto, eu a ouvi falar com muita animação da vida mundana e sedutora que tinha levado na costa. Enquanto isso, eu sentia confusamente o surgimento de ideias estranhas, que sua nova aparência em parte inspirava. Por fim, ela se interrompeu por conta própria, talvez por causa de meu silêncio, deu alguns passos no quarto e, sem se voltar, perguntou com voz indiferente se Raymond estava feliz. Tive a impressão de acertar na mosca e logo entendi por quê. Então, milhões de projetos se misturaram em minha cabeça, nasceram planos, e me senti sucumbir sob o peso de meus argumentos. Rapidamente percebi o que era preciso dizer-lhe:

— "Feliz" é exagero! É só nisso que Anne o faz acreditar. Ela é muito hábil.

— Muito! — disse Elsa com um suspiro.

— Você nunca vai imaginar o que ela o convenceu a fazer... Vão se casar...

Elsa voltou para mim um rosto horrorizado:

— Casar? Raymond quer mesmo se casar?

— Quer — respondi. — Raymond vai se casar.

Uma vontade súbita de rir me apertava a garganta. Minhas mãos tremiam. Elsa parecia desorientada, como se eu lhe tivesse dado uma paulada. Eu não devia lhe dar tempo de refletir e concluir que, afinal de contas, ele estava na idade certa para isso e não podia passar a vida com garotas de programa. Inclinei-me para a frente e baixei a voz para impressioná-la:

— Isso não pode acontecer, Elsa. Ele já está sofrendo. Não é possível, eu sei que você entende.

— Entendo — disse ela.

Ela parecia fascinada, o que me dava vontade de rir, e meu tremor aumentava.

— Eu estava esperando sua vinda — continuei. — Só você está à altura de lutar contra Anne. Só você tem classe suficiente para isso.

Estava claro que o que ela mais queria era acreditar em mim.

— Mas, se ele se casa com ela, é porque a ama — objetou.

— Que é isso! — respondi baixinho. — É de você que ele gosta, Elsa! Não vai me dizer que não sabe disso.

Vi que ela piscou e virou-se para esconder o prazer, a esperança que eu lhe dava. Eu estava agindo numa espécie de embriaguez, sentia exatamente o que era preciso dizer.

— Entenda — continuei —, ela deu o golpe do equilíbrio conjugal do lar, da moral, e ele caiu.

Minhas palavras me consternavam... Porque, para resumir, o que eu estava expressando daquele modo eram de fato meus próprios sentimentos, com uma forma elementar e grosseira, sem dúvida, mas elas correspondiam a meus pensamentos.

— Se o casamento acontecer, a vida de nós três será destruída, Elsa. É preciso defender meu pai, ele é um crianção... Um crianção...

Eu repetia "crianção" com energia. Aquilo me parecia um dramalhão meio forçado, mas a piedade já marejava os belos olhos verdes de Elsa. Terminei como que num cântico:

— Ajude-me, Elsa. Peço por você, por meu pai e pelo amor dos dois.

Acrescentei em pensamento: "... e pelas criancinhas chinesas."*

— Mas o que é que eu posso fazer? — perguntou Elsa. — Isso parece impossível.

— Se acha que é impossível, então desista — respondi com uma voz que se costuma chamar de embargada.

— Que vagabunda! — murmurou Elsa.

— É o termo exato — comentei, virando o rosto por minha vez.

---

* Na década de 1950 era popular a expressão *pense aux petits chinois*, pense nas criancinhas chinesas (que morrem de fome). Usada na origem para convocar à piedade, depois se tornou irônica. [N. da T.]

Elsa renascia a olhos vistos. Tinha sido achincalhada, agora ia mostrar àquela intrigante do que era capaz Elsa Mackenbourg. E meu pai a amava, ela sempre soubera. Ela mesma não tinha conseguido esquecer com Juan a sedução de Raymond. É verdade que ela não falava em lar, mas, pelo menos, não o aborrecia, não tentava...

— Elsa — interrompi, pois não a suportava mais —, vá falar com Cyril de minha parte e peça hospitalidade. Ele dará um jeito com a mãe. Diga que, amanhã de manhã, vou vê-lo. Vamos conversar os três juntos.

Na soleira da porta, acrescentei só para rir:

— É o seu destino que está defendendo, Elsa.

Ela concordou séria, como se não tivesse uns quinze destinos pela frente, tantos quantos seriam os homens que a sustentariam. Olhei-a partir sob a luz do sol, com seu passo dançante. Calculei uma semana para meu pai a desejar de novo.

Eram três e meia: naquele momento, ele devia estar dormindo nos braços de Anne. Ela também, satisfeita, rendida, prostrada no calor do prazer, da felicidade, devia estar entregue ao sono... Comecei a traçar planos com muita rapidez, sem me deter um instante em mim mesma. Andava pelo quarto sem parar, ia até a janela, lançava um olhar para o mar perfeitamente calmo, espraiando-se na areia, ia de novo à porta, retornava. E, calculando, aquilatando, ia destruindo todas as objeções; eu nunca tinha me dado conta da agilidade da mente, de todas as suas disparadas. Sentia-me perigosamente hábil, e à onda de repulsa que se apoderara de mim, contra mim, já nas primeiras explicações dadas a Elsa, somava-se um sentimento de orgulho, de cumplicidade íntima, de solidão.

Tudo ruiu — nem é preciso dizer — na hora do banho de mar. Eu tremia de remorsos diante de Anne, não sabia o que fazer para me reabilitar. Carregava sua bolsa, corria para lhe entregar o roupão quando ela saía da água, cobria-a de atenções, de palavras amáveis; aquela mudança tão rápida, depois do silêncio dos últimos dias, não deixava de surpreendê-la e até de lhe dar prazer. Meu pai estava radiante. Anne me agradecia com um sorriso, respondia com alegria, e eu me lembrava do "que vagabunda", "é o termo exato". Como eu pudera dizer aquilo, aceitar as besteiras de Elsa? No dia seguinte diria a ela que seria melhor ir embora, admitindo que estava enganada. Tudo retornaria ao que era antes, e, no final, eu faria o exame! Sem dúvida era útil passar no *baccalauréat*.

— Não é?

Eu falava com Anne.

— Não é útil o *baccalauréat*?

Ela me olhou e gargalhou. Imitei-a, feliz por vê-la tão alegre.

— Você é incrível — disse-me.

É verdade que eu era incrível, ainda mais se ela soubesse o que eu tinha planejado fazer! Eu morria de vontade de contar, para ela ver até que ponto eu era incrível! "Imagine só. Estava metendo Elsa na comédia: ela fingia estar apaixonada por Cyril, morava na casa dele, nós os víamos passar de barco, cruzávamos com eles no bosque, à beira-mar. Elsa está bonita de novo. Ah, claro, não tem a sua beleza, mas afinal tem aquele jeito de putinha esplendorosa que vira a cabeça dos homens. Meu pai não teria aguentado muito tempo: nunca admitiu que uma mulher bonita que tivesse sido dele se consolasse tão depressa e, de algum modo, debaixo do seu nariz. Muito menos com um homem mais novo que ele. Entenda, Anne, apesar de amar você, ele logo a teria desejado, para se garantir. Ele é muito vaidoso ou pouco autoconfiante, digamos. Obedecendo às minhas orientações, Elsa teria feito o que fosse preciso. Um dia, ele seria infiel, e você não suportaria, não é? Você não é dessas mulheres que dividem. Então iria embora, e era isso que eu queria. Sim, é idiota, eu tinha raiva de você por causa de Bergson, do calor; eu imaginava que... Nem tenho coragem de dizer, de tão abstrato e ridículo que era. Por causa desse *baccalauréat*, eu poderia ter criado uma inimizade sua conosco, você, amiga de minha mãe, nossa amiga. No entanto, é útil o *baccalauréat* não é?" — Não é?

— Não é o quê? — disse Anne. — Que o *baccalauréat* é útil?
— Sim — respondi.

No fim, era melhor não dizer nada, ela talvez não compreendesse. Certas coisas Anne não compreendia. Joguei-me na água atrás de meu pai, lutei com ele; reencontrava o prazer da brincadeira, da água, da consciência leve. No dia seguinte, mudaria de quarto; iria para o sótão com meus livros didáticos. Mas Bergson eu não levaria; não exageremos! Duas boas horas de estudo, na solidão, esforço silencioso, cheiro de tinta de escrever, de papel. Sucesso em outubro, o riso espantado de meu pai, a aprovação de Anne, o diploma da universidade. Eu seria inteligente, culta, um pouco indiferente, como Anne. Talvez tivesse possibilidades intelectuais... por acaso não tinha montado em cinco minutos um plano lógico? Desprezível, é verdade, mas lógico. E Elsa! Eu a fisgara pela vaidade, pelos sentimentos, convencendo em alguns instantes aquela mulher de que tinha vindo apenas para pegar a mala. Era engraçado, por sinal: eu tinha visado Elsa, percebido a brecha, ajustado os golpes antes de falar. Pela primeira vez, tinha sentido o extraordinário prazer de penetrar num ser, descobri-lo, trazê-lo à superfície e, só aí, tocá-lo. Assim como se põe um dedo numa mola, com precaução, eu havia tentado encontrar alguém, e a coisa imediatamente tinha disparado. *Touché*! Eu não conhecia aquilo, sempre havia sido impulsiva demais. Se atingia algum ser, era sem querer. De repente eu entrevia todo o maravilhoso mecanismo dos reflexos humanos, todo o poder da linguagem... Pena que tivesse sido pelas vias da mentira. Algum dia, eu amaria alguém com paixão e procuraria um caminho até ele, assim, com precaução, com delicadeza, com mão trêmula...

CAPÍTULO III

No dia seguinte, indo para a casa de Cyril, eu me sentia muito menos autoconfiante intelectualmente. Para comemorar minha cura, tinha bebido muito no jantar e estava mais que alegre. Explicava a meu pai que faria a faculdade de Letras, que conviveria com eruditos, que queria me tornar famosa e chatíssima. Ele precisaria pôr em ação todos os recursos da publicidade e do escândalo para me lançar. Aventávamos ideias estapafúrdias, rindo às gargalhadas. Anne também ria, porém menos ruidosamente, com uma espécie de indulgência. Às vezes, não ria mesmo, quando minhas ideias de propaganda ultrapassavam o âmbito da literatura e da simples decência. Mas, era tão evidente que meu pai estava felicíssimo com aquele restabelecimento de nossas brincadeiras idiotas, que ela se calava. Por fim, eles me puseram na cama e me cobriram. Eu lhes agradeci com ardor, perguntei o que faria sem eles. Meu pai de fato não sabia responder; Anne parecia ter uma ideia tremenda a respeito, mas, quando lhe supliquei que falasse e ela se inclinava para mim, o sono me venceu. De madrugada, passei mal. O despertar ultrapassou tudo o que eu conhecia em matéria de indisposição matinal. Com ideias incertas e ânimo hesitante, dirigi-me para o pinheiral, sem ver o mar da manhã e as gaivotas alvoroçadas.

Encontrei Cyril na entrada do jardim. Deu um pulo em minha direção, tomou-me nos braços, apertou-me com força contra si, murmurando frases confusas:

— Meu amor, estava tão preocupado... Faz tanto tempo... Eu não sabia o que você estava fazendo, se aquela mulher estava te infelicitando... Nem eu sabia que podia ser tão infeliz... Eu passava todas as tardes na frente da enseada, uma vez, duas vezes... Não imaginava que te amava tanto...

— Nem eu — respondi.

Na verdade, aquilo me surpreendia e comovia ao mesmo tempo. Eu lamentava estar tão nauseada, não poder demonstrar toda a minha emoção:

— Como está pálida — disse ele. — Agora sou eu que vou cuidar de você, não vou deixar que a maltratem mais.

Estava reconhecendo naquilo a imaginação de Elsa. Perguntei a Cyril o que a mãe dele pensava sobre ela.

— Eu a apresentei como uma amiga, uma órfã — disse Cyril. — Aliás, é bem simpática essa Elsa. Ela me contou tudo sobre aquela mulher. É interessante, com um jeito tão fino, tão distinto, armar tantas intrigas.

— Elsa exagerou muito — respondi sem firmeza. — Eu queria justamente dizer que...

— Eu também tenho umas coisas para lhe dizer — interrompeu Cyril. — Cécile, quero me casar com você.

Por um momento fiquei em pânico. Eu precisava fazer alguma coisa, dizer alguma coisa. Se pelo menos não tivesse aquele enjoo terrível...

— Eu te amo — dizia Cyril em meus cabelos. — Vou largar o curso de direito, estão me oferecendo uma posição interessante... Um tio... Tenho vinte e seis anos, já não sou um menino, estou falando sério. O que acha?

Eu buscava desesperadamente alguma frase bonita e ambígua. Não queria me casar com ele. Amava-o, mas não queria me casar com ele. Não queria me casar com ninguém, estava cansada.

— Não dá — balbuciava. — Meu pai...

— Do seu pai eu me encarrego — disse Cyril.

— Anne não vai querer — respondi. — Ela diz que eu não sou adulta. E, se ela diz não, meu pai também vai dizer. Estou tão cansada, Cyril, essas emoções me deixam exausta, vamos nos sentar. A Elsa vem chegando.

Ela descia de roupão, jovial e luminosa. Eu me senti insossa e magra. Os dois tinham uma aparência saudável, viva e animada que me deprimia ainda mais. Ela me fez sentar com mil cuidados, como se eu estivesse saindo da prisão.

— E Raymond, como vai? — perguntou ela. — Ele sabe que eu vim?

Ela tinha o sorriso feliz de quem perdoou e tem esperança. Eu não podia dizer a ela que meu pai a esquecera nem a ele que eu não queria me casar. Fechei os olhos, Cyril foi buscar café. Elsa falava sem parar; estava claro que me considerava alguém muito sutil, tinha confiança em mim. O café era muito forte e cheiroso, o sol me reconfortava um pouco.

— Por mais que eu matutasse, não achei solução — disse Elsa.

— Não existe — disse Cyril. — É uma obsessão, uma influência, não há o que fazer.

— Há, sim — respondi. — Existe um meio. Vocês não têm imaginação.

Era lisonjeiro vê-los atentos às minhas palavras: eram dez anos mais velhos que eu e não tinham ideias! Assumi um ar desenvolto:

— É uma questão de psicologia.

Falei durante muito tempo; expliquei meu plano. Eles me faziam as mesmas objeções que eu imaginara no dia anterior, e, destruindo-as, eu sentia um prazer enorme. Era gratuito, mas, de tanto querer convencê-los, eu mesma me empolgava. Demonstrei que era possível. Restava mostrar que aquilo não devia ser feito, mas para tanto não encontrei argumentos tão lógicos.

— Não gosto dessas tramoias — dizia Cyril. — Mas, se for o único jeito de me casar com você, topo.

— Não é exatamente culpa da Anne — dizia eu.

— Você sabe muito bem que, se ela ficar, você vai se casar com quem ela quiser — disse Elsa.

Talvez fosse verdade. Eu imaginava Anne me apresentando um rapaz no dia do meu aniversário de vinte anos, formado também, com futuro promissor, inteligente, equilibrado, sem dúvida fiel. Mais ou menos como era Cyril, aliás. Comecei a rir.

— Por favor, não ria — disse Cyril. — Diga que vai ficar com ciúme quando eu fingir que amo Elsa. Como é que pôde pensar nisso? Você me ama mesmo?

Falava em voz baixa. Discretamente, Elsa se afastara. Eu olhava o rosto moreno, tenso, os olhos escuros de Cyril. Ele me amava, e aquilo me causava uma impressão engraçada. Olhava sua boca, túrgida, tão próxima... Já não me sentia intelectual. Ele avançou um pouco o rosto, de maneira que nossos lábios, tocando-se, reconheceram-se. Fiquei sentada com os olhos abertos, sua boca imóvel contra a minha, uma boca quente e rija, percorrida por um ligeiro frêmito; ele se apoiou um pouco mais para detê-lo, depois seus lábios se abriram, seu beijo se tornou mais seguro, logo imperioso, hábil, demasiado hábil... Eu percebia que tinha mais dotes para beijar um rapaz ao sol do que para fazer uma faculdade. Afastei-me um pouco dele, ofegante:

— Cécile, nós precisamos viver juntos. Vou fazer o joguinho com a Elsa.

Eu me perguntava se meus cálculos estavam corretos. Eu era a alma, a diretora daquela comédia. Sempre podia suspendê-la.

— Você tem cada ideia maluca — disse Cyril com seu sorrisinho torto que lhe arregaçava o lábio e o fazia ter cara de bandido, um bandido lindo...

— Beije-me — murmurei —, beije-me logo.

E assim pus em marcha a comédia. Contra a vontade, por negligência e curiosidade. Em alguns momentos preferia tê-lo feito com vontade, ódio e violência. Para que pudesse ao menos culpar a mim mesma, e não a preguiça, o sol e os beijos de Cyril.

Despedi-me dos conspiradores ao cabo de uma hora, bastante aborrecida. Para me tranquilizar, restavam-me vários argumentos: meu plano podia não funcionar, meu pai podia muito bem estar tão apaixonado por Anne a ponto de ser fiel. Além disso, Cyril e Elsa não podiam fazer nada sem mim. Eu encontraria um motivo para pôr fim ao jogo, caso meu pai parecesse estar caindo na armadilha. De qualquer modo, era divertido tentar, ver se meus cálculos psicológicos estavam certos ou errados.

Além do mais, Cyril me amava, Cyril queria casar-se comigo: esse pensamento bastava para me deixar eufórica. Se ele pudesse esperar um ano ou dois, tempo de me tornar adulta, eu aceitaria. Já me via vivendo com Cyril, dormindo encostada nele, sem o deixar nunca. Todos os domingos, iríamos almoçar com Anne e meu pai, família unida, e talvez até com a mãe de Cyril, o que contribuiria para o clima do almoço.

Quando cheguei, Anne estava no terraço, descendo para a praia, onde encontraria meu pai. Recebeu-me com o jeito irônico com que se acolhe quem bebeu na véspera. Perguntei o que ela estava para me dizer na noite anterior, antes de eu pegar no sono, mas ela riu e se negou a dizer, pretextando que aquilo me ofenderia. Meu pai estava saindo da água, corpulento e musculoso; pareceu-me soberbo. Entrei no mar com Anne; ela nadava devagar, com a cabeça fora da água para não molhar os cabelos. Depois, deitamo-nos os três, lado a lado, de bruços, eu entre eles, silenciosos e tranquilos.

Foi então que o barco apareceu na extremidade da enseada, com todas as velas desfraldadas. Meu pai viu primeiro:

— O querido Cyril já não aguentava — disse rindo. — Anne, vamos perdoá-lo? No fundo, é um bom rapaz.

Levantei a cabeça, sentindo o perigo:

— Mas o que está fazendo? — perguntou meu pai. — Está cruzando a enseada. Ah! Mas não está sozinho...

Anne também tinha levantado a cabeça. O barco ia passar diante de nós e seguir em frente. Distingui o rosto de Cyril e suplicava-lhe, no íntimo, que fosse embora. A exclamação de meu pai me sobressaltou, apesar de estar prevendo aquilo fazia dois minutos:

— Ora... ora, é Elsa! O que é que ela está fazendo ali?

Ele se voltou para Anne:

— Essa moça é incrível! Deve ter arpoado esse coitado e conseguido ser adotada pela velhota.

Mas Anne não ouvia. Olhava para mim. Topei com seu olhar e voltei a pousar o rosto na areia, morrendo de vergonha. Ela estendeu a mão e a colocou em meu pescoço:

— Olhe para cá. Está zangada comigo?

Abri os olhos: ela voltava para mim um olhar preocupado, quase suplicante. Pela primeira vez, olhava-me como se olha um ser sensível e pensante, e isso no dia em que... Soltei um gemido e virei com violência a cabeça para meu pai, querendo me livrar daquela mão. Ele olhava o barco.

— Minha pobre menina — ouviu-se de novo a voz de Anne, uma voz baixa. — Minha pobre Cécile, é um pouco culpa minha, eu não deveria ter sido tão intransigente... Eu não queria machucá-la, você acredita?

Acariciava meus cabelos, a nuca, carinhosamente. Eu não me mexia. Minha sensação era igual à de quando a areia fugia sob meus pés, no retorno da onda: havia sido invadida por um desejo de capitulação, de amenidade, e nenhum sentimento, nem a raiva, nem o desejo, havia me dominado como aquele. Largar mão da comédia, confiar minha vida, pôr-me nas suas mãos até o fim de meus dias. Nunca tinha sentido uma fraqueza tão invasiva, tão violenta. Fechei os olhos. Parecia que meu coração parava de bater.

CAPÍTULO IV

O sentimento que meu pai demonstrava era apenas espanto. A arrumadeira lhe explicara que Elsa tinha vindo pegar a mala e ido embora logo em seguida. Não sei por que não lhe falou de nossa conversa. Era uma mulher do pedaço, muito romanesca, devia nutrir ideias bem saborosas sobre nossa situação. Principalmente com as mudanças de quarto que havia realizado.

Meu pai e Anne, portanto, dominados pelos remorsos, dedicaram-me uma atenção e uma bondade insuportáveis de início, mas que logo se tornaram agradáveis. Em suma, por mais que a culpa fosse minha, não era nada agradável cruzar o tempo todo com Cyril e Elsa nos braços um do outro, dando todos os sinais de perfeito entendimento. Eu já não podia velejar, mas podia ver Elsa passar, desgrenhada pelo vento tal como eu mesma uns tempos antes. Não me era difícil assumir um ar impenetrável e falsamente indiferente quando os encontrávamos. Pois os encontrávamos em todo lugar: no pinheiral, na cidadezinha, na estrada. Anne me olhava de relance, falava de outra coisa, punha a mão em meu ombro para me consolar. Caberia dizer que ela era bondosa? Não sei se a bondade dela era uma forma refinada de sua inteligência ou apenas de sua indiferença, mas ela sempre tinha a palavra e o gesto justos, e eu, se tivesse de sofrer de verdade, não poderia encontrar melhor apoio.

Portanto, eu deixava que as coisas corressem sem muitas preocupações, pois, como disse, meu pai não dava mostras de ciúme. Isso comprovava seu afeto por Anne e me vexava um pouco, por também demonstrar a futilidade de meus planos. Um dia, entrávamos, ele e eu, no correio quando cruzamos com Elsa; ela não pareceu ter-nos visto, e meu pai se voltou para olhá-la, como se fosse uma desconhecida, com um assobiozinho:

— Fale a verdade, ela ficou terrivelmente mais bonita.

— O amor lhe fez bem — respondi.

Ele me olhou com espanto:

— Você parece encarar isso melhor...

— Fazer o quê? Eles têm a mesma idade, era mais ou menos fatal — respondi.

— Se Anne não existisse, não teria sido nem um pouco fatal...

Ele estava furioso.

— Você não imagina que um moleque iria me roubar uma mulher se eu não consentisse...

— De qualquer modo a idade pesa — disse eu, séria.

Ele deu de ombros. Na volta, vi que estava cismarento: talvez pensasse que, de fato, Elsa era jovem e Cyril também; e que, casando-se com uma mulher de sua idade, caía fora daquela categoria de homens sem data de nascimento, da qual fazia parte. Tive um sentimento de triunfo involuntário. Quando vi, em Anne, as ruguinhas nos cantos dos olhos e o ligeiro vinco da boca, recriminei-me. Mas era tão fácil seguir meus impulsos e me arrepender logo em seguida...

Passou-se uma semana, e Cyril e Elsa, desconhecendo a evolução das coisas, deviam me esperar todos os dias. Eu não ousava ir lá; eles me arrancariam novas ideias, e eu não estava a fim. Aliás, à tarde eu subia para o meu quarto, pretensamente para estudar. Na verdade, não fazia nada: tinha encontrado um livro de ioga e me aferrei a ele com grande convicção, tendo às vezes, sozinha, acessos de riso terríveis e silenciosos, pois temia que Anne me ouvisse. Dizia-lhe, de fato, que estava me matando de estudar; com ela, eu representava um pouco o papel da apaixonada traída, cujo consolo é a esperança de um dia ter um belo diploma. Minha impressão era de que ela me estimava por isso, e até me ocorria citar Kant à mesa, o que deixava meu pai visivelmente desesperado.

Uma tarde, eu me embrulhara em toalhas de banho para ter aparência mais hindu, estava com o pé direito sobre a coxa esquerda e me olhava fixamente no espelho, não com deleite, mas na esperança de atingir o estado superior do iogue, quando bateram à porta. Imaginei que fosse a arrumadeira e, como ela não se incomodava com nada, gritei que entrasse.

Era Anne. Ela ficou por um segundo imóvel na soleira da porta e sorriu:

— Está brincando de quê?

— De ioga — respondi. — Mas não é uma brincadeira, é uma filosofia hindu.

Ela se aproximou da mesa e pegou meu livro. Comecei a me preocupar. Estava aberto na página cem, e as outras páginas estavam cheias de anotações minhas, como "impraticável" ou "extenuante".

— Você é bem minuciosa — disse. — E aquela famosa dissertação sobre Pascal, de que tanto falou? O que é feito dela?

Era verdade que, durante a refeição, eu me divertira comentando uma frase de Pascal, fingindo tê-la meditado e estudado. Nunca tinha escrito uma só palavra sobre o assunto, claro. Fiquei imóvel. Anne me olhou fixamente e compreendeu:

— Você não estudar e ficar fazendo palhaçada na frente do espelho é problema seu! — disse ela. — Mas sentir prazer em mentir para seu pai e para mim é mais deplorável. Aliás, suas súbitas atividades intelectuais estavam me surpreendendo...

Ela saiu, e eu fiquei petrificada dentro das minhas toalhas; não entendia que ela chamasse aquilo de "mentira". Eu tinha falado de Pascal porque achava divertido falar dele, tinha falado de dissertações para satisfazê-la, e, de repente, ela me esmagava com seu desprezo. Eu havia me habituado à sua nova atitude para comigo, e a forma calma e humilhante de seu desdém me encolerizava ao máximo. Despi minha fantasia, vesti uma calça, uma blusa velha e saí correndo. O calor era tórrido, mas eu me pus a correr, impelida por uma espécie de raiva, que mais violenta era por eu não ter certeza de que não sentia vergonha. Corri até a casa de Cyril, parei na entrada, ofegante. No calor da tarde, as casas parecem estranhamente profundas, silenciosas e recolhidas em seus segredos. Subi até o quarto de Cyril, que ele me mostrara no dia em que tínhamos ido visitar sua mãe. Abri a porta: ele dormia, atravessado na cama, com a face sobre o braço. Olhei-o por um minuto: pela primeira vez, ele me parecia desarmado e enternecedor; chamei-o em voz baixa; ele abriu os olhos e ergueu-se assim que me viu:

— Você? Como está aqui?

Fiz sinal para que ele não falasse tão alto; se a mãe dele chegasse e me encontrasse no quarto do filho, poderia achar... Aliás, quem não acharia?... Fiquei em pânico e me dirigi à porta.

— Aonde vai? — gritou Cyril. — Volte... Cécile.

Ele me agarrara pelos braços e me segurava, rindo. Voltei-me para ele e o olhei; ele ficou pálido, tanto quanto eu mesma deveria estar, e largou meu pulso. Mas foi só para me tomar de novo nos braços e me carregar. Meus pensamentos estavam confusos: aquilo devia acontecer, aquilo devia acontecer. Depois foi a ciranda do amor: o medo dando a mão ao desejo, a ternura à raiva e aquele sofrimento brutal que seguia, triunfante, o prazer. Tive a oportunidade — e Cyril, a delicadeza necessária — de descobri-lo já naquele dia.

Fiquei perto dele uma hora, aturdida e assustada. Sempre tinha ouvido falar do amor como coisa fácil; eu mesma falara dele com crueza, com a ignorância de minha idade, e agora me parecia que nunca mais poderia falar daquele modo, daquela maneira insensível e brutal. Cyril, deitado ao meu lado, falava de casamento, de me manter junto a si durante toda a vida. Meu silêncio o preocupava: eu me sentei na cama, olhei-o e chamei-o "meu amante". Ele se inclinou. Apoiei a boca na veia que ainda pulsava em seu pescoço, murmurando "meu querido, Cyril, meu querido". Não sei se era amor o que sentia por ele naquele momento — sempre fui inconstante, e não faço questão de me achar diferente do que sou — mas naquele momento eu o amava mais que a mim mesma, teria dado a vida por ele. Quando fui embora, ele me perguntou se estava zangada, e aquilo me fez rir. Estar zangada com ele por causa daquela felicidade!...

Voltei andando devagar pelo pinheiral, esgotada e entorpecida; tinha pedido a Cyril que não me acompanhasse, teria sido muito perigoso. Temia que pudessem ler no meu rosto as marcas evidentes do prazer, como sombras sob meus olhos, no relevo de minha boca, em tremores. Na frente da casa, numa espreguiçadeira, Anne lia. Eu já trazia boas mentiras para justificar minha ausência, mas ela não fez perguntas, nunca as fazia. Sentei-me perto dela em silêncio, lembrada de que estávamos brigadas. Fiquei imóvel, com os olhos semicerrados, atenta ao ritmo de minha respiração, ao tremor de meus dedos. De vez em quando, a lembrança do corpo de Cyril, de certos instantes, me lavava a alma.

Peguei um cigarro de cima da mesa, risquei um fósforo na caixa. Apagou-se. Acendi outro, com cuidado, pois não ventava, e só minha mão tremia. Ele se apagou assim que encostou no cigarro. Resmunguei e peguei o terceiro. Então, não sei por quê, aquele fósforo assumiu importância vital para mim. Talvez porque Anne, subitamente arrancada da indiferença, me olhava sem sorrir, com atenção. Naquele momento, o cenário e o tempo desapareceram, e não existia mais nada, senão aquele fósforo, meu dedo sobre ele, a caixa cinzenta e o olhar de Anne. Meu coração disparou, começou a martelar, crispei os dedos sobre o fósforo, ele se acendeu, e, como eu inclinasse o rosto ávido para ele, o cigarro o abafou, e ele se apagou. Deixei a caixa cair no chão, fechei os olhos. O olhar duro e interrogador de Anne pesava sobre mim. Supliquei alguma coisa a alguém, que aquela espera acabasse. As mãos de Anne ergueram meu rosto, eu apertava as pálpebras, com medo de que ela visse meu olhar. Sentia que por entre elas escapavam lágrimas de cansaço, imperícia, prazer. Então, como se desistisse de fazer perguntas, num gesto de quem quer ignorar e apaziguar, Anne deslizou as mãos sobre meu rosto, relaxou-me. Depois, colocou um cigarro aceso em minha boca e mergulhou de novo na leitura.

Atribuí sentido simbólico àquele gesto, tentei atribuir-lhe algum sentido. Mas hoje, quando um fósforo falha, volta-me à memória aquele momento estranho, aquele fosso entre mim e meus gestos, o peso do olhar de Anne e aquele vazio ao redor, aquela intensidade do vazio...

CAPÍTULO V

O incidente que acabo de narrar não deixou de ter consequências. Tal como certas pessoas muito comedidas nas reações, muito seguras de si, Anne não tolerava contemporizações. Ocorre que, para ela, aquele seu gesto, aquele relaxamento afetuoso de suas mãos duras em torno de meu rosto, era um ato desse tipo. Ela havia adivinhado alguma coisa, poderia ter me obrigado a confessar e, no último momento, se deixara levar pela piedade ou pela indiferença. Pois tinha tanta dificuldade para cuidar de mim, para me educar, quanto para admitir minhas fraquezas. Nada a impelia ao papel de tutora, educadora, a não ser o sentimento do dever; casando-se com meu pai, estava se encarregando de mim. Eu teria preferido que aquela constante desaprovação, se é que posso assim dizer, decorresse da irritação ou de um sentimento mais à flor da pele: o hábito logo o suplantaria; em geral nos acostumamos aos defeitos dos outros quando não nos acreditamos no dever de corrigi-los. Em seis meses, ela só sentiria desânimo em relação a mim, um desânimo afetuoso: era exatamente disso que eu precisava. Mas isso não aconteceria; pois ela se sentiria responsável por mim e, em certo sentido, o seria, pois eu ainda era essencialmente maleável. Maleável e teimosa.

Portanto, arrependeu-se do que fez e me deu a perceber. Alguns dias depois, no almoço, falando-se, como sempre, daqueles insuportáveis deveres de férias, surgiu uma discussão. Eu fui um pouco malcriada demais, até meu pai se chocou e, no fim, Anne me trancou no quarto, tudo sem levantar a voz em momento algum. Eu não sabia que ela havia feito aquilo e, como senti sede, fui até a porta e tentei abri-la; não consegui e entendi que estava trancada. Eu nunca na vida havia sido trancafiada: fui tomada pelo pânico, um pânico de verdade. Corri à janela, não havia como sair por lá. Voltei, realmente alucinada, joguei-me contra a porta e senti muita dor no ombro. Tentei quebrar a fechadura, sem proferir palavra, não querendo gritar para que viessem abrir. Perdi nisso meu alicate de unhas. Então fiquei de pé no meio do cômodo, com as mãos vazias. Perfeitamente imóvel, atenta à espécie de calma, de paz que ia tomando conta de mim à medida que meus pensamentos se aclaravam. Era meu primeiro contato com a crueldade: eu a sentia enlaçar-se em mim, apertar-se em sincronia com minhas ideias. Deitei-me na cama, construí minuciosamente um plano. Minha ferocidade era tão pouco proporcional a seu pretexto, que me levantei duas ou três vezes durante a tarde para sair do quarto, e me surpreendi ao dar com a porta fechada.

Às seis horas, meu pai veio abrir. Levantei-me maquinalmente quando ele entrou. Ele me olhou sem dizer nada, e eu lhe sorri, também maquinalmente.

— Quer conversar? — perguntou.

— Sobre o quê? — respondi. — Você tem horror a isso, e eu também. Desse tipo de explicação que não leva a nada...

— É verdade — ele parecia aliviado. — Você precisa ser gentil com Anne, paciente.

Esse termo me surpreendeu: eu, paciente com Anne... Ele invertia o problema. No fundo, considerava Anne uma mulher que ele estava impondo à sua filha. Não o contrário. Ainda havia esperança.

— Fui desagradável — respondi. — Vou pedir desculpas à Anne.

— Você... hmm.. você é feliz?

— Claro — respondi com leviandade. — E depois, se Anne e eu brigarmos demais, vou me casar um pouco mais cedo, só isso.

Eu sabia que aquela solução não deixaria de fazê-lo sofrer.

— Está fora de cogitação... Você não é Branca de Neve... Ia aguentar me abandonar tão cedo? Só teríamos vivido dois anos juntos...

Aquele pensamento era tão insuportável para mim quanto para ele. Estava vendo a hora em que choraria no ombro dele, falaria da felicidade perdida e de sentimentos exacerbados. Não podia transformá-lo num cúmplice.

— Eu exagero muito, você sabe. Anne e eu nos damos bem, em suma. Com concessões mútuas...

— Sim, claro — disse ele.

Assim como eu, ele devia achar que as concessões provavelmente não seriam recíprocas, mas partiriam só de mim.

— Você entende — prossegui —, percebo muito bem que Anne sempre tem razão. A vida dela é muito mais resolvida que a nossa, muito mais cheia de sentido...

Ele fez um pequeno movimento involuntário de protesto, mas eu ignorei:

— ... Daqui a um mês ou dois, terei assimilado completamente as ideias de Anne; vai deixar de haver discussões idiotas entre nós. É só preciso ter um pouco de paciência.

Ele me olhava, visivelmente desconcertado. Apavorado também: estava perdendo uma cúmplice para seus caprichos futuros, perdendo também, até certo ponto, um passado.

— Não vamos exagerar — disse sem firmeza. — Reconheço que fiz você levar uma vida que talvez não fosse apropriada à sua idade nem... hmm, à minha, mas também não era uma vida idiota ou infeliz... não. No fundo, não fomos... hmm... tristes, desequilibrados demais, durante esses dois anos. Não se deve renegar tudo só porque Anne tem uma concepção um pouco diferente das coisas.

— Não se deve renegar, mas se deve abandonar — afirmei com convicção.

— Claro — disse o coitado, e descemos.

Pedi desculpas a Anne sem o menor constrangimento. Ela respondeu que não havia o que desculpar, que o calor devia ter sido a causa de nossa discussão. Eu me sentia indiferente e alegre.

Encontrei-me com Cyril no pinheiral, conforme combinado; disse-lhe o que era preciso fazer. Ele me ouviu com um misto de receio e admiração. Depois me tomou nos braços, mas era muito tarde, eu precisava voltar para casa. A dificuldade que senti para me separar dele me surpreendeu. Se tinha procurado laços para me reter, ele os encontrara. Meu corpo o reconhecia, encontrava a si mesmo, desabrochava em contato com o dele. Beijei-o com paixão, queria machucá-lo, marcá-lo para que ele não me esquecesse nem um instante pelo resto do dia, que sonhasse comigo à noite. Pois a noite seria interminável sem ele, sem seu corpo contra o meu, sem sua habilidade, sem seu furor súbito e suas carícias demoradas.

CAPÍTULO VI

Na manhã seguinte, chamei meu pai para ir passear comigo na estrada. Íamos falando de coisas insignificantes, alegremente. Na volta para a casa, convidei-o a ir pelo pinheiral. Eram dez e meia em ponto, eu estava na hora. Meu pai andava na minha frente, pois o caminho era estreito e cheio de espinhos, que ele ia afastando para eu não arranhar as pernas. Quando parou, compreendi que os tinha visto. Cheguei perto dele; Cyril e Elsa dormiam, deitados sobre as agulhas de pinheiros, com todos os sinais de felicidade campestre; havia sido recomendação minha, mas, quando os vi daquele jeito, fiquei arrasada. O amor de Elsa por meu pai e o de Cyril por mim acaso podiam impedir que eles fossem igualmente belos e jovens, e tão próximos um do outro? Olhei para meu pai de relance, ele os observava sem se mover, com uma fixidez e uma palidez anormais. Segurei seu braço:

— Não vamos acordá-los, melhor ir embora.

Ele lançou um último olhar para Elsa. Elsa deitada de costas com sua beleza jovem, toda bronzeada e ruiva, com um ligeiro sorriso nos lábios, sorriso de jovem ninfa, enfim capturada... Ele deu meia-volta e começou a andar a passos largos.

— Vagabunda — murmurava —, vagabunda!

— Por que está dizendo isso? Ela é livre, não?

— Não é isso! Você achou bom ver Cyril nos braços dela?

— Eu já não o amo — respondi.

— Eu também não, eu não amo Elsa — gritou, furioso. — Mas mesmo assim me incomoda. É preciso pensar que eu hmm... vivi com ela! É bem pior...

Eu sabia que era pior! Ele devia ter sentido a mesma vontade que eu: ir correndo separá-los, recuperar seu bem, aquilo que tinha sido seu bem.

— Se Anne ouvisse!...

— Como assim? Se Anne ouvisse?... Claro que não ia entender, ou ficaria chocada, é normal. Mas e você? Você é minha filha, não? Deixou de me entender, também está chocada?

Como era fácil dirigir seus pensamentos. Era um pouco assustador conhecê-lo tão bem.

— Não estou chocada — respondi. — Mas, afinal, é preciso encarar as coisas: Elsa tem memória curta, gosta de Cyril, você a perdeu. Principalmente depois do que fez; é o tipo de coisa que não se perdoa...

— Se eu quisesse... — começou meu pai e interrompeu-se, assustado.

— Não conseguiria — disse eu com convicção, como se fosse natural discutir suas chances de reconquistar Elsa.

— Mas eu não estou pensando nisso — disse, recobrando o bom senso.

— Claro — respondi, dando de ombros.

Esse meu gesto significava: "Impossível, meu caro, você foi tirado do páreo." Ele não falou mais até a casa. Entrando, abraçou Anne e a manteve por alguns instantes em seus braços, com os olhos fechados. Ela se deixava estar, sorridente, espantada. Saí do aposento e me apoiei à parede do corredor, trêmula de vergonha.

Às duas horas, ouvi o leve assobio de Cyril e desci para a praia. Imediatamente ele me convidou a subir no barco e se fez ao largo. O mar estava deserto, ninguém pensava em sair com um sol daquele. Em alto-mar, ele arriou a vela e voltou-se para mim. Não tínhamos dito quase nada:

— Hoje de manhã... — começou.

— Silêncio — interrompi —, ah! Silêncio...

Ele me deitou delicadamente na lona. Estávamos empapados, cobertos de suor, desajeitados e apressados; o barco balançava sob nós com regularidade. Eu olhava o sol bem acima de mim. E, de repente, o sussurro imperioso e terno de Cyril... O sol se desprendia, explodia, caía sobre mim... Onde eu estava? No fundo do mar, no fundo do tempo, no fundo do prazer... Chamava Cyril em voz alta, ele não respondia, não havia necessidade de responder.

O frescor da água salgada em seguida. Ríamos juntos, deslumbrados, preguiçosos, gratos. Tínhamos o sol e o mar, o riso e o amor, e será que os teríamos de novo algum dia como naquele verão, com aquele esplendor e aquela intensidade que o medo e os outros remorsos lhes davam?...

Além do prazer físico bem real que o amor me proporcionava, eu sentia uma espécie de prazer intelectual em pensar no assunto. As palavras "fazer amor" têm uma sedução própria, muito verbal, que as afasta de seu sentido. O termo "fazer", material e positivo, unido à abstração poética da palavra "amor", era algo que me encantava. Eu já havia falado disso antes, sem pudor, sem constrangimento e sem reparar em seu sabor. Agora sentia que estava ficando pudica. Baixava os olhos quando meu pai olhava para Anne com um pouco de fixidez, quando ela ria com aquele risinho novo, baixo, indecente, que nos fazia, a meu pai e a mim, empalidecer e olhar pela janela. Se tivéssemos dito a Anne como era aquele seu riso, ela não teria acreditado. Com meu pai, ela não se comportava como amante, mas como amiga, como amiga carinhosa. Mas à noite, sem dúvida... Eu me vedava pensamentos semelhantes, detestava ideias dúbias.

Os dias foram passando. Eu ia esquecendo um pouco Anne, meu pai e Elsa. O amor fazia-me viver de olhos abertos, no mundo da lua, amável e tranquila. Cyril me perguntou se eu não temia uma gravidez. Respondi que deixava por conta dele, e ele pareceu achar aquilo natural. Talvez por isso eu tenha me entregado com tanta facilidade a ele: porque ele não me deixaria ser responsável e, se eu tivesse um filho, a culpa lhe caberia. Ele assumia o que eu não conseguia suportar assumir: responsabilidades. Aliás, era grande a minha dificuldade para me imaginar grávida com o corpo esguio e duro que tinha... Pelo menos uma vez, fiquei satisfeita com minha anatomia de adolescente.

Mas Elsa estava ficando impaciente. Interrogava-me o tempo todo. Eu estava sempre com medo de ser apanhada em companhia dela ou na de Cyril. Ela sempre dava um jeito de estar perto de meu pai, cruzava com ele em todo lugar. Rejubilava-se então com vitórias imaginárias, impulsos reprimidos que, conforme dizia, ele não conseguia esconder. Causava-me espanto ver aquela moça, tão perto do amor venal, pelo ofício que exercia, tornar-se romanesca, ficar tão entusiasmada com detalhes como um olhar, um movimento, escolada que era na concisão dos homens expeditivos. É verdade que não estava habituada a papéis sutis, e aquele que desempenhava devia lhe parecer o máximo do refinamento psicológico.

Se é que aos poucos meu pai ia ficando obcecado por Elsa, Anne não dava mostras de perceber. Ele estava mais carinhoso, mais solícito que nunca, e isso me dava medo, pois eu atribuía sua atitude a remorsos inconscientes. O principal era que não acontecesse nada nas três semanas que restavam. Voltaríamos a Paris, Elsa para seu lado, e, se continuassem decididos, meu pai e Anne se casariam. Em Paris estaria Cyril, que Anne não poderia me impedir de ver, assim como não pudera me impedir de amá-lo aqui. Em Paris, ele alugava um quarto longe da mãe. Eu já imaginava a janela aberta para os céus azuis e rosados, os céus extraordinários de Paris, o arrulhar dos pombos no parapeito e Cyril e eu na cama estreita...

CAPÍTULO VII

Alguns dias depois, meu pai recebeu um recado de um amigo, marcando encontro em Saint-Raphaël para um drinque. Imediatamente nos comunicou o convite, felicíssimo por fugir um pouco daquela solidão voluntária e um tanto forçada em que vivíamos. Informei Elsa e Cyril de que estaríamos no Bar du Soleil às sete horas e que, se quisessem ir, nos veriam lá. Por azar, Elsa conhecia o amigo em questão, o que redobrou seu desejo de ir. Antevi complicações e tentei dissuadi-la. Trabalho perdido.

— Charles Webb me adora — disse ela com uma simplicidade infantil. — Só de me ver, não vai deixar de incentivar o Raymond a voltar comigo.

Tanto fazia a Cyril ir a Saint-Raphaël ou não. Para ele, o principal era estar onde eu estivesse. Deduzi pelo seu olhar e não pude deixar de me sentir orgulhosa.

Portanto, à tarde, por volta de seis horas, saímos no carro de Anne. Eu gostava daquele carro: era um conversível americano pesado, que convinha mais à publicidade da dona do que às suas preferências. Mas satisfazia as minhas, por estar cheio de peças brilhantes, ser silencioso e original, inclinando-se nas curvas. Além disso, íamos os três na frente, e em nenhum lugar como num carro eu me sentia amiga de alguém. Os três na frente, com os cotovelos um pouco apertados, submetidos ao mesmo prazer da velocidade e do vento, talvez à mesma morte. Como que simbolizando a família que íamos formar, quem dirigia era Anne. Eu não subia em seu carro desde a noite de Cannes, e isso me fez divagar.

No Bar du Soleil, encontramos Charles Webb e esposa. A ocupação dele era a publicidade teatral, e a da mulher, gastar o dinheiro que ele ganhava, numa velocidade espantosa e com rapazes. A grande obsessão dele era ajustar salário e gastos, motivo pelo qual estava sempre correndo atrás de dinheiro. Por isso seu lado inquieto, apressado, que tinha algo de indecoroso. Webb fora amante de Elsa durante muito tempo, pois ela, apesar da beleza, não era uma mulher especialmente ambiciosa, e ele gostava de sua despreocupação nesse assunto.

A esposa, por outro lado, era detestável. Anne não a conhecia, e rapidamente vi seu belo rosto assumir aquela expressão desdenhosa e zombeteira que lhe era habitual em sociedade. Charles Webb falava muito, como de costume, sempre dirigindo olhares inquiridores a Anne. Estava claro que se perguntava o que ela estava fazendo com aquele mulherengo do Raymond e sua filha. Eu me sentia muito orgulhosa ao pensar que em breve ele iria saber. Meu pai inclinou-se um pouco para o amigo, num momento em que ele parava para respirar, e declarou de chofre:

— Tenho uma notícia, meu velho. Anne e eu nos casamos em 5 de outubro.

Ele olhou para um depois do outro, perfeitamente boquiaberto. Eu vibrava. A mulher estava desconcertada: sempre tivera um fraco por meu pai:

— Parabéns... — exclamou Webb por fim, com voz estentórea. — Que ideia magnífica! Cara senhora, vai cuidar de um malandro desses... a senhora é sublime!... Garçom!... Precisamos comemorar.

Anne sorria, descontraída e tranquila. Vi então o rosto de Webb iluminar-se e não me voltei:

— Elsa! Meu Deus, é Elsa Mackenbourg, ela não me viu. Raymond, você viu como essa moça ficou bonita?...

— Não é mesmo? — disse meu pai como feliz proprietário.

Depois ele se lembrou, e seu rosto mudou. Anne não podia deixar de notar a entonação de meu pai. Com um movimento rápido, desviou o rosto em minha direção. Quando estava abrindo a boca para dizer alguma coisa, inclinei-me para ela:

— Anne, sua elegância faz furor; aquele homem ali não tira os olhos de cima de você.

Eu dissera em tom confidencial, quer dizer, suficientemente alto para meu pai ouvir. Ele se voltou bruscamente e viu o homem em questão. Disse:

— Não estou gostando disso. — E pegou a mão de Anne.

— Que bonitinhos! — disse a senhora Webb com irônica emoção. — Charles, você não deveria ter incomodado os apaixonados, bastaria convidar a menina Cécile.

— A menina Cécile não teria vindo — respondi sem contemplação.

— E por que não? Arranjou namorados entre os pescadores?

Uma vez tinha me visto sentada num banco, conversando com um cobrador de ônibus, e desde então me tratava como uma desclassificada, como aquilo que ela chamava de "desclassificada".

— Ah, claro — respondi com esforço, para parecer alegre.

— E anda pescando muito?

O cúmulo era que ela se achava engraçada. Aos poucos, fui ficando com raiva.

— Não sou especializada em piranhas, mas pesco — respondi.

Fez-se silêncio. A voz de Anne elevou-se, sempre tão ponderada:

— Raymond, não gostaria de pedir um canudo ao garçom? É indispensável para tomar suco de laranja.

Charles Webb rapidamente aproveitou o gancho para falar de bebidas refrescantes. Meu pai tinha um ataque de riso, vi pela maneira como se concentrava em seu copo. Anne me lançou um olhar suplicante. Imediatamente todos decidiram que jantaríamos juntos, como pessoas que por pouco não brigaram.

Bebi muito durante o jantar. Eu precisava esquecer a expressão preocupada de Anne, quando fixava meu pai, ou vagamente reconhecida, quando seus olhos se demoravam sobre mim. Olhava para a mulher de Webb com um sorriso aberto quando ela me dava alguma alfinetada. Ela se desconcertava com essa tática e tornou-se rapidamente agressiva. Anne me fazia sinal para não reagir. Tinha horror a cenas públicas e sentia que a senhora Webb estava prestes a armar alguma. De meu lado, estava habituada a isso, era coisa corrente em nosso meio. Por isso, ouvi-la falar não me deixava absolutamente tensa.

Após o jantar, fomos a uma boate de Saint-Raphaël. Pouco tempo depois de nossa chegada, Elsa e Cyril apareceram. Elsa parou na porta, falou muito alto com a senhora que cuidava do vestiário e, seguida pelo pobre Cyril, penetrou na sala. Achei que estava se comportando mais como uma vadia do que como uma apaixonada, mas ela era suficientemente bonita para se permitir aquelas atitudes.

— Quem é o galãzinho? — perguntou Charles Webb. — Bem novo, ele.

— É o amor — sussurrou a mulher dele. — O amor lhe faz bem...

— Imagine! — disse meu pai com veemência. — Isso é só fogo de palha.

Olhei para Anne. Ela examinava Elsa com calma, distanciamento, como olhava os manequins que apresentavam suas coleções ou as mulheres muito jovens. Sem azedume. Por um momento, eu a admirei com paixão, por aquela falta de mesquinhez, de ciúme. Aliás, não imaginava que ela pudesse ter ciúmes de Elsa. Era mil vezes mais bonita, mais refinada que Elsa. Como eu estava bêbada, disse-lhe isso. Ela me olhou com curiosidade.

— Que eu sou mais bonita que Elsa? Você acha?

— Sem dúvida alguma!

— É sempre agradável. Mas está bebendo demais, outra vez. Dê seu copo. Não está triste por ver o seu Cyril ali? Aliás, ele está morrendo de tédio.

— É meu amante — respondi com alegria.

— Você está completamente bêbada? Está na hora de ir embora, felizmente!

Despedimo-nos dos Webb com alívio. Chamei a mulher dele de "cara senhora" com compunção. Meu pai pegou o volante, minha cabeça tombou sobre o ombro de Anne. Ia pensando que a preferia aos Webb e a todas aquelas pessoas que costumávamos ver. Que ela era melhor, mais digna, mais inteligente. Meu pai falava pouco. Decerto rememorava a chegada de Elsa.

— Ela está dormindo? — perguntou a Anne.

— Como uma menina. Comportou-se relativamente bem. Com exceção à alusão às piranhas, que foi um pouco direta...

Meu pai começou a rir. Depois houve silêncio, e, a seguir, ouvi de novo a voz de meu pai.

— Anne, eu amo você, só amo você. Acredita?

— Não diga isso tantas vezes, me dá medo...

— Me dê a mão.

Eu quase me endireitei para protestar: "Não, não dirigindo à beira de um precipício." Mas estava um bocado bêbada, o perfume de Anne, o vento do mar em meus cabelos, o arranhãozinho feito por Cyril no meu ombro enquanto nos amávamos, tudo isso era motivo para estar feliz e calada. Estava adormecendo. Durante aquele tempo, Elsa e o pobre Cyril deviam estar entrando na estrada penosamente, montados na motocicleta que a mãe dele lhe dera no último aniversário.

Não sei por que essa ideia me arrancou lágrimas. Aquele carro era tão macio, tinha uma suspensão tão boa, era tão favorável ao sono... Sono era algo que a senhora Webb não devia estar conciliando naquele momento! Na idade dela, eu decerto também pagarei rapazes para me amar, porque o amor é a coisa mais doce e viva, a mais sensata. E o preço importa pouco. O que importava era não ficar azeda e ciumenta, como ela era em relação a Elsa e Anne. Comecei a rir baixinho. O ombro de Anne me aninhou um pouco mais; "Durma", disse ela com autoridade. Eu dormi.

CAPÍTULO VIII

No dia seguinte, despertei perfeitamente bem, só um pouco cansada, com a nuca um pouco dolorida por causa dos excessos da véspera. Como em todas as manhãs, o sol banhava minha cama; afastei os lençóis, despi o casaco do pijama e expus as costas nuas ao sol. Com a face sobre o braço dobrado, eu via em primeiro plano a grossa textura do tecido do lençol e, mais longe, no piso, as hesitações de uma mosca. O sol era suave e quente, parecia fazer aflorar meus ossos sob a pele, dedicar um cuidado especial a me aquecer. Decidi passar a manhã daquele jeito, sem me mexer.

Aos poucos a noitada da véspera foi ganhando contornos mais precisos em minha memória. Lembrei-me de ter dito a Anne que Cyril era meu amante, e isso me fez rir: quando a gente está bêbada, diz a verdade e ninguém acredita. Lembrei-me também da mulher de Webb e de minha discussão com ela; estava acostumada com aquele tipo de mulher: naquele meio e naquela idade, a inatividade e o desejo de viver muitas vezes as tornavam odientas. Diante da calma de Anne, eu a julguei mais doentia e aborrecida que nunca. Aliás, era de prever; eu não conseguia enxergar quem, entre as amigas de meu pai, conseguiria resistir por muito tempo à comparação com Anne. Para passar noitadas agradáveis com aquelas pessoas, era preciso estar um pouco bêbada e sentir prazer em brigar com elas, ou então manter relações íntimas com um ou outro dos cônjuges. Para meu pai, era mais simples: tanto Charles Webb quanto ele eram caçadores. "Adivinhe quem vai jantar e dormir comigo esta noite? A mocinha Mars, do filme de Saurel. Eu estava entrando no Dupuis e..." Meu pai ria e lhe dava um tapinha no ombro: "Felizardo! Ela é quase tão bonita quanto a Elise." Conversas de colegiais. O que me parecia agradável neles era o entusiasmo, o ardor que os dois punham naquilo. E até mesmo, em noites intermináveis, nos terraços dos cafés, as tristes confidências de Lombard: "A única que eu amava era ela, Raymond! Lembra aquela primavera, antes de ela ir embora... Que besteira, a vida de um homem para uma mulher só!" Aquilo tinha um lado indecente, humilhante, mas caloroso, dois homens abrindo-se um para o outro diante de um copo.

Os amigos de Anne nunca deviam falar de si mesmos. Provavelmente não eram dados a esse tipo de aventura. Ou então, mesmo que falassem delas, devia ser entre risos de pudor. Eu me sentia pronta a compartilhar com Anne aquela condescendência que ela teria por nossos conhecidos, aquela condescendência amável e contagiosa... No entanto, eu me imaginava, aos trinta anos, mais parecida com nossos amigos do que com Anne. Seu silêncio, sua indiferença, sua reserva me sufocariam. Ao contrário, dentro de quinze anos, um pouco enfastiada, eu tenderia a algum homem sedutor, também um pouco enfadado:

— Meu primeiro amante se chamava Cyril. Eu tinha quase dezoito anos, fazia calor na praia...

Entreguei-me ao prazer de imaginar o rosto desse homem. Ele teria as mesmas ruguinhas de meu pai. Bateram à porta. Enfiei correndo o casaco do pijama e gritei: "Entre!" Era Anne, vinha segurando uma xícara com cuidado:

— Achei que você precisaria de um pouco de café... Não está se sentindo mal?

— Estou muito bem — respondi. — Ontem à noite fiquei meio alta, acho.

— Como toda vez que saímos com você... — disse e começou a rir. — Mas devo dizer que você me distraiu... A noite estava sendo longa.

Eu tinha deixado de prestar atenção ao sol e até ao gosto do café. Quando falava com Anne, ficava perfeitamente absorta, não me via existir; no entanto ela era a única pessoa que sempre me questionava, que me obrigava a me julgar. Fazia-me viver momentos intensos e difíceis.

— Cécile, você se diverte com esse tipo de gente, os Webb ou os Dupuis?

— Acho a maioria muito maçante, mas esses são engraçados.

Ela também olhava a marcha da mosca no chão. Achei que a mosca estava estropiada. Anne tinha pálpebras longas e pesadas, era fácil ser condescendente.

— Você nem imagina a que ponto a conversa deles é monótona e... como dizer?... pesada. Aquelas histórias de contratos, mulheres, noitadas, isso nunca a aborrece?

— Sabe, passei dez anos num convento, e o fato de essas pessoas não terem princípios morais ainda me fascina...

Eu não ousava acrescentar que me agradava.

— Faz dois anos... — disse ela. — Não é uma questão de raciocínio, aliás, nem de moral, é uma questão de sensibilidade, de sexto sentido...

Que eu não devia ter. Sentia claramente que, nesse campo, me faltava alguma coisa.

— Anne — disse eu de chofre —, você acha que eu sou inteligente?

Ela se pôs a rir, espantada com a brusquidão de minha pergunta:

— Mas claro, puxa! Por que está perguntando?

— Se eu fosse uma idiota, você responderia da mesma maneira — suspirei. — Você muitas vezes me dá a impressão de estar acima da minha capacidade...

— É uma questão de idade — disse. — Seria bem chato se eu não tivesse um pouco mais de segurança do que você. Você me influenciaria!

Deu uma risada. Eu me senti ofendida:

— Não seria necessariamente um mal.

— Seria uma catástrofe — disse ela.

E abandonou de repente o tom leve para me olhar bem de frente, nos olhos. Movimentei-me um pouco, incomodada. Mesmo hoje, não consigo me acostumar a essa mania que as pessoas têm de olhar fixamente quando falam com a gente ou de chegar bem perto, para terem certeza de que estão sendo ouvidas. Erro de cálculo, aliás, pois nesses casos eu só penso em escapar, recuar, digo "sim, sim", faço mil manobras para me esquivar e fugir para o outro canto da sala; a insistência, a indiscrição e as pretensões de exclusividade dessas pessoas me dão muita raiva. Anne, felizmente, não se achava obrigada a me monopolizar assim, mas se limitava a me olhar sem desviar os olhos, e eu sentia dificuldade em manter aquele tom distraído e leve de que gosto para falar.

— Sabe como terminam os homens da laia dos Webb?

Eu pensei "e de meu pai".

— Na sarjeta — respondi alegremente.

— Chega uma idade em que eles já não são atraentes, em que não estão "em forma", como se diz. Já não podem beber e ainda pensam em mulheres; acontece que são obrigados a pagá-las, a aceitar grande número de pequenas baixezas para fugirem da solidão. São ludibriados, infelizes. É esse o momento que escolhem para se tornarem sentimentais e exigentes... Vi muitos que se tornaram assim umas espécies de ruínas.

— Coitado do Webb! — exclamei.

Eu estava desconcertada. Aquele era o fim que ameaçava meu pai, era verdade! Pelo menos o fim que o teria ameaçado se Anne não tivesse tomado conta dele.

— Você não pensa nisso — disse Anne com um sorrisinho de comiseração. — Você pensa pouco no futuro, não é? É o privilégio da juventude.

— Por favor, não jogue a juventude assim na minha cara — respondi. — Eu a uso o mínimo possível; não acredito que ela me dê direito a todos os privilégios ou a todas as desculpas. Não dou importância a ela.

— A que você dá importância? À tranquilidade, à independência?

Eu temia essas conversas, principalmente com Anne.

— A nada — respondi. — Eu não penso muito, você sabe.

— Você e seu pai me irritam um pouco. "Você nunca pensa nada... não tem grande capacidade... não sabe de nada..." Gosta de ser assim?

— Não gosto. Eu não gosto de mim mesma, não tento gostar de mim. De vez em quando você me obriga a complicar minha vida, eu quase chego a ter raiva de você.

Ela começou a cantarolar, com ar pensativo; eu conhecia a canção, mas já não me lembrava o que era.

— Que música é essa, Anne? Está me enervando...

— Não sei. — E ela sorria de novo, com um jeito meio desanimado. — Fique na cama, descanse, vou continuar em outro lugar minha investigação sobre o intelecto da família.

"Naturalmente, para o meu pai é fácil", pensei. Eu até o ouvia dizer: "Não penso em nada porque te amo, Anne." Por mais inteligente que ela fosse, esse argumento devia lhe parecer válido. Espreguicei-me demoradamente, com aplicação, e voltei a mergulhar a cabeça no travesseiro. Meditava muito, apesar do que tinha dito a Anne. No fundo, ela decerto dramatizava; dentro de vinte e cinco anos, meu pai seria um amável sexagenário de cabelos brancos, um pouco chegado ao uísque e às lembranças pitorescas. Sairíamos juntos. Seria minha vez de lhe contar aventuras, e ele me daria conselhos. Percebi que estava excluindo Anne daquele futuro; eu não podia, não conseguia incluí-la. Naquele apartamento desarrumado, ora desolado, ora invadido por flores, onde ressoavam cenas e vozes insólitas, regularmente atulhado de bagagem, eu não conseguia vislumbrar a ordem, o silêncio, a harmonia que Anne carregava a todos os lugares, como o mais precioso dos bens. Eu tinha muito medo de morrer de tédio; sem dúvida temia menos sua influência desde que começara a amar real e fisicamente Cyril. Isso me libertara de muitos medos. Mas temia o tédio, a tranquilidade mais que qualquer outra coisa. Para estarmos interiormente tranquilos, meu pai e eu precisávamos da agitação exterior. E isso Anne não poderia admitir.

CAPÍTULO IX

Estou falando muito de Anne e de mim, mas pouco de meu pai. Não que o papel dele não tenha sido o mais importante nessa história ou que eu não veja interesse nele. Nunca amei ninguém como a ele, e, de todos os sentimentos que me moviam naquela época, os que eu lhe dedicava eram os mais estáveis, os mais profundos, aqueles aos quais eu mais me apegava. Conheço-o bem demais e sinto grande proximidade entre nós para ficar à vontade falando dele. No entanto, é sobre ele, mais do que sobre qualquer outra pessoa, que eu deveria dar explicações, para tornar aceitável sua conduta. Não era um homem frívolo nem egoísta. Mas era leviano, de uma leviandade sem remédio. Nem posso dizer que era um homem incapaz de sentimentos profundos, um irresponsável. O amor dele por mim não podia ser subestimado nem considerado simples hábito de pai. Ele era capaz de sofrer por mim mais do que por qualquer pessoa; e eu, quando um dia cheguei às raias do desespero, acaso não foi porque ele tivera aquele gesto de abandono, aquele olhar esquivo?... Ele nunca dera preferência às suas paixões em meu desfavor. Certas noites, para me levar para casa, ele precisara abrir mão do que Webb chamava de "belíssimas oportunidades". Mas algo que não posso negar é que, afora isso, ele se deixava levar por caprichos, pela inconstância e pela facilidade. Não refletia. Tentava dar a tudo uma explicação fisiológica que ele afirmava ser racional: "Está se achando insuportável? Durma mais, beba menos." Ocorria o mesmo com o desejo violento que às vezes sentia por uma mulher; não pensava em reprimi-lo nem em elevá-lo a um sentimento mais complexo. Era materialista, mas delicado, compreensivo, enfim, muito bom.

O desejo que sentia por Elsa o contrariava, mas não como se poderia acreditar. Ele não dizia: "Vou enganar Anne. Isso significa que a amo menos", mas sim: "Coisa chata esse desejo que tenho por Elsa! Preciso dar um jeito nisso logo, senão vou ter problemas com Anne." Além do mais, ele amava e admirava Anne; ela era o oposto daquela série de mulheres frívolas e um pouco bobas com que ele tinha convivido nos últimos anos. Satisfazia-lhe, ao mesmo tempo, a vaidade, a sensualidade e a sensibilidade, pois o compreendia, oferecia-lhe inteligência e experiência para confrontar com as suas. Agora, se ele se dava conta da seriedade do sentimento que ela lhe dedicava, é algo de que não tenho tanta certeza! Ela lhe parecia a amante ideal, a mãe ideal para mim. Será que pensava "a esposa ideal", com tudo o que isso acarreta de obrigações? Não acredito. Tenho certeza de que, para Cyril e Anne, ele, assim como eu, era anormal do ponto de vista afetivo. Isso não o impedia de ter uma vida apaixonante, por considerá-la banal e por investir nela toda a sua vitalidade.

Não pensava nele enquanto concebia o plano de afastar Anne de nossa vida; sabia que ele se consolaria, como se consolava de tudo: um rompimento lhe custaria menos que uma vida bem-comportada; ele só era afetado e abalado de fato pela rotina e pelo previsível, assim como eu. Éramos da mesma raça; eu ora me dizia que da bela raça pura dos nômades, ora que da raça mísera e carcomida dos libertinos.

Naquele momento ele sofria, ou pelo menos se exasperava: para ele, Elsa se tornara símbolo da vida passada, da juventude, da sua, principalmente. Eu sentia que ele morria de vontade de dizer a Anne: "Minha querida, me dê um dia de licença; preciso ir explicar àquela moça que não sou nenhum decrépito. Preciso voltar a experimentar a maciez de seu corpo para me tranquilizar." Mas não podia lhe dizer isso; não porque Anne fosse ciumenta ou radicalmente virtuosa e inflexível nesse assunto, mas porque tinha concordado em viver com ele sob as seguintes condições: a era do desregramento fácil tinha acabado, ele já não era nenhum colegial, mas sim o homem a quem ela entregava sua vida, portanto tinha de se comportar direito, e não como um coitado, escravo dos próprios caprichos. Anne não podia ser censurada por isso; era um cálculo perfeitamente normal e saudável, que, porém, não impedia que meu pai desejasse Elsa. Que a desejasse aos poucos, mais que qualquer coisa, que a desejasse com o desejo redobrado que se tem pela coisa proibida.

E, sem dúvida, naquele momento eu podia arranjar as coisas. Bastava dizer a Elsa que cedesse a meu pai e, com um pretexto qualquer, levar Anne a Nice ou a outro lugar para passar a tarde. Na volta, encontraríamos meu pai descontraído e imbuído de uma simpatia renovada pelos amores legais ou que, pelo menos, assim viriam a ser quando voltássemos de férias. Também havia aquela questão, que Anne não suportaria: ter sido uma amante como as outras: provisória. Como dificultavam nossa vida aquela sua dignidade, aquela sua autoestima!...

Mas eu não dizia a Elsa que cedesse a meu pai nem a Anne que me acompanhasse a Nice. Queria que aquele desejo no coração de meu pai se alastrasse e o levasse a cometer um erro. Eu não podia suportar o desprezo em que Anne envolvia nossa vida passada, aquele desdém fácil pelo que tinha sido felicidade para meu pai e para mim. Não queria humilhá-la, mas fazê-la aceitar nossa concepção de vida. Era preciso que ela soubesse que meu pai a enganara e encarasse aquilo em seu significado objetivo, como uma escapada puramente física, não como um atentado a seu valor pessoal, à sua dignidade. Se ela queria ter razão a qualquer custo, precisava nos deixar errar.

Eu até fingia não perceber os tormentos de meu pai. O importante era que ele não me fizesse confidências, que não me obrigasse a ser sua cúmplice, a falar com Elsa e afastar Anne.

Precisava fingir que considerava sagrado seu amor por Anne e sagrada a própria Anne. E devo dizer que não tinha dificuldade em fazê-lo. Pensar que ele podia enganar e enfrentar Anne me enchia de terror e de vaga admiração.

Enquanto isso, íamos passando dias felizes: eu aproveitava todas as oportunidades para assanhar meu pai em relação a Elsa. O rosto de Anne já não me enchia de remorsos. Às vezes eu imaginava que ela aceitaria o fato e que, juntos, os três teríamos uma vida compatível tanto com nossos gostos quanto com os dela. Por outro lado, encontrava-me frequentemente com Cyril e nos amávamos às escondidas. O cheiro dos pinheiros, o barulho do mar, o contato do corpo dele... O remorso começava a torturá-lo; o papel que eu o obrigava a desempenhar deixava-o extremamente contrariado, só o aceitava porque eu o fazia acreditar que era necessário para o nosso amor. Tudo aquilo representava muita duplicidade, silêncios interiores, mas tão pouco esforço, mentiras! (E, como disse, só meus atos me obrigavam a fazer julgamentos sobre mim mesma.)

Passo rapidamente por esse período, pois, de tanto buscar, receio recair em lembranças que me acabrunham. Já é suficiente pensar no riso feliz de Anne e em sua gentileza comigo para ser atingida por alguma coisa, por um golpe baixo que me machuca, e então me enfureço contra mim mesma. Sinto-me tão perto do que se costuma chamar consciência pesada, que sou obrigada a recorrer a certos atos, como acender um cigarro, pôr um disco para tocar, ligar para um amigo. Aos poucos, passo a pensar em outra coisa. Mas não gosto disso, de precisar recorrer às deficiências de minha memória e à ligeireza de meu pensamento, em vez de combatê-las. Não gosto de reconhecê-las, nem mesmo para me felicitar por contar com elas.

CAPÍTULO X

É engraçado como a fatalidade gosta de escolher rostos indignos ou medíocres para representá-la. Naquele verão, ela tinha assumido o rosto de Elsa. Um rosto muito bonito, convenhamos, ou melhor, atraente. Elza tinha também um riso extraordinário, comunicativo e pleno, como só os têm as pessoas um pouco burras.

Os efeitos daquele riso sobre meu pai eu havia reconhecido desde logo. Incentivava Elsa a utilizá-lo ao máximo, sempre que era preciso "surpreendê-la" com Cyril. Eu dizia: "Quando me ouvir chegar com meu pai, não diga nada, apenas ria." E então, ao ouvir aquele riso satisfeito, eu descobria no rosto do meu pai a sombra da passagem do furor. Aquele papel de encenadora não deixava de me apaixonar. Nunca falhava; pois, quando víamos Cyril e Elsa juntos, dando a entender abertamente relações imaginárias, mas tão perfeitamente imagináveis, meu pai e eu empalidecíamos juntos, o sangue fugia de meu rosto como do dele, atraído para muito longe por um desejo de posse pior que a dor. Cyril, Cyril inclinado sobre Elsa... Aquela imagem devastava meu coração, e eu a planejara com ele e Elsa sem compreender sua força. As palavras são fáceis, sedutoras; e, vendo o contorno do rosto de Cyril, sua nuca morena e suave inclinada para o rosto oferecido de Elsa, eu teria dado qualquer coisa para que aquilo não existisse, esquecida de que era fruto de minha própria vontade.

Afora esses incidentes e preenchendo a vida cotidiana, havia a confiança, a meiguice — tenho dificuldade para usar esse termo — e a felicidade de Anne. Ela estava mais próxima da felicidade do que eu jamais tinha visto, entregue a nós, os egoístas, muito distante de nossos desejos violentos e de meus estratagemas baixos e pequenos. Eu tinha contado com isso; sua indiferença e seu orgulho a afastavam instintivamente de qualquer tática para prender meu pai de modo mais estreito e, na verdade, de qualquer coqueteria que não fosse a de ser bonita, inteligente e afetuosa. Aos poucos senti ternura por ela; a ternura é um sentimento agradável e irresistível como música militar. Não posso ser censurada por isso.

Uma bela manhã, a arrumadeira, muito agitada, veio trazer um recado de Elsa, nos seguintes termos: "Tudo está dando certo, venha!" Aquilo me deu uma impressão de catástrofe: detesto desfechos. Enfim, encontrei Elsa na praia; estava com um semblante triunfante:

— Acabo de me encontrar com seu pai, finalmente, faz uma hora!

— O que ele lhe disse?

— Que lamenta demais o que aconteceu; que se comportou como um grosseirão. Isso lá é verdade... não?

Achei que devia concordar.

— Depois me elogiou como só ele sabe... Você sabe, com aquele tom meio distante, voz bem baixa, como se estivesse penando para falar... aquele tom...

Eu a arranquei do deleite do idílio:

— Para chegar a que resultado?

— Bom, nenhum!... Enfim algum; ele me convidou para tomar chá com ele na cidadezinha, para eu provar que não guardo rancor, que tenho mente aberta, sou evoluída, enfim!

As ideias de meu pai sobre a evolução das mulheres ruivas eram motivo de alegria para mim.

— Por que está rindo? Eu devo ir?

Quase respondi que aquilo não me dizia respeito. Depois me dei conta de que ela me considerava responsável pelo sucesso de suas manobras. Com ou sem razão, aquilo me irritou.

Eu me sentia contra a parede:

— Não sei, Elsa, depende de você; não fique me perguntando o tempo todo o que deve fazer, até parece que sou eu que a empurro a...

— Mas é você — disse ela —, é graças a você, puxa...

Seu tom de admiração de repente me amedrontou.

— Vá se quiser, mas não fale mais comigo sobre tudo isso, pelo amor de Deus!

— Mas... mas a gente precisa livrá-lo daquela mulher... Cécile!

Fugi. Que meu pai faça o que quiser, que Anne se vire!... Aliás, eu tinha encontro marcado com Cyril. Parecia que só o amor me livraria daquele medo debilitante que estava sentindo.

Cyril me tomou nos braços, sem dizer palavra, e me levou consigo. Perto dele tudo ficava fácil, cheio de ardor, de prazer. Algum tempo depois, deitada ao lado dele, sobre aquele peito bronzeado, inundado de suor, eu, esgotada, perdida como um náufrago, disse-lhe que me detestava. Disse sorrindo, pois assim pensava, mas sem dor, com uma espécie de resignação agradável. Ele não me levou a sério.

— Não faz mal. Eu te amo o suficiente para te obrigar a ter a minha opinião. Eu te amo, te amo tanto...

O ritmo daquela frase me perseguiu durante todo o almoço: "Eu te amo, te amo tanto." Por isso, por mais que me esforce, não me lembro muito bem daquela refeição. Anne estava com um vestido malva como as suas olheiras, como seus próprios olhos. Meu pai ria, aparentemente relaxado: a situação se ajeitava para ele. Na sobremesa anunciou que faria compras à tarde, na cidadezinha. Sorri no íntimo. Estava cansada, fatalista. Só tinha uma vontade: tomar banho de mar.

Às quatro horas, desci para a praia. Encontrei meu pai no terraço, de saída para a cidadezinha; não lhe disse nada. Nem sequer lhe recomendei prudência.

A água estava tranquila e quente. Anne não foi comigo, precisava cuidar de sua coleção, ficar desenhando no quarto enquanto meu pai galanteava Elsa. Duas horas depois, quando o sol tinha deixado de me aquecer, subi para o terraço, sentei-me numa espreguiçadeira, abri um jornal.

Foi então que Anne apareceu; vinha do pinheiral. Corria; mal, aliás, desajeitada, com os cotovelos junto ao corpo. Tive a impressão súbita, indecente, de que era uma velha correndo, de que ia cair. Fiquei aparvalhada: ela desapareceu atrás da casa, pelo lado da garagem. Então entendi subitamente e saí correndo, para alcançá-la.

Ela já estava no carro, dava a partida. Cheguei correndo e me choquei contra a porta.

— Anne — disse eu —, Anne, não vá embora, é um engano, é culpa minha, vou explicar...

Ela não me ouvia, não me olhava, inclinava-se para soltar o freio:

— Anne, nós precisamos de você!

Ela então se endireitou, descomposta. Chorava. Foi quando entendi, de repente, que tinha atacado um ser vivo e sensível, e não uma entidade. Ela devia ter sido uma menina um pouco retraída, depois adolescente, depois mulher. Tinha quarenta anos, estava só, amava um homem e tivera a esperança de ser feliz com ele durante dez, vinte anos talvez. E eu... Aquele rosto, aquele rosto era obra minha. Eu estava petrificada, todo o meu corpo tremia encostado à porta do carro.

— Você não precisa de ninguém — murmurou —, nem você nem ele.

O motor estava ligado. Eu estava desesperada, ela não podia ir embora daquele jeito:

— Perdão, estou suplicando...

— Perdão de quê?

As lágrimas rolavam inesgotavelmente por seu rosto. Ela não parecia perceber; o rosto estava imóvel:

— Minha pobre menina!...

Pôs a mão sobre minha face por um segundo e partiu. Vi o carro desaparecer na esquina da casa. Fiquei perdida, desorientada... Tudo tinha sido tão rápido! E aquele rosto dela, aquele rosto...

Ouvi passos atrás de mim: era meu pai. Tivera tempo de tirar dos lábios o batom de Elsa, de tirar as agulhas de pinheiro do paletó. Voltei-me, atirei-me contra ele:

— Nojento! Nojento!

Comecei a chorar.

— Mas o que é que está acontecendo? Será que Anne?... Cécile, diga, Cécile...

CAPÍTULO XI

Só nos reencontramos no jantar, os dois ansiosos com aquele *tête-à-tête* tão bruscamente reconquistado. Eu não tinha fome nenhuma, ele também não. Ambos sabíamos que o retorno de Anne era indispensável. Por minha vez, não poderia suportar por muito tempo a lembrança do rosto transtornado que ela me mostrara antes de partir, nem a ideia da tristeza dela e de minhas responsabilidades. Eu esquecera minhas pacientes manobras e meus planos tão bem urdidos. Sentia-me completamente desorientada, sem rumo, e via o mesmo sentimento no rosto de meu pai.

— Você acha que ela vai nos abandonar por muito tempo? — perguntou.

— Com certeza foi para Paris — respondi.

— Paris... — murmurou meu pai, cismarento. — Talvez a gente não a veja mais...

Olhou-me perplexo e tomou minha mão do outro lado da mesa:

— Você deve estar com muita raiva de mim. Não sei o que me deu. Voltando no pinheiral com Elsa, ela... Enfim eu a beijei, e Anne deve ter chegado naquela hora e...

Eu não estava ouvindo. Os dois personagens, Elsa e meu pai, enlaçados à sombra dos pinheiros se me afiguravam farsescos e sem consistência; eu não os via. A única coisa viva, cruelmente viva, daquele dia era o rosto de Anne, aquele último rosto, marcado pela dor, aquele rosto traído. Peguei um cigarro do maço de meu pai e o acendi. Outra coisa que Anne não tolerava: que se fumasse durante as refeições. Sorri para meu pai:

— Compreendo muito bem: não é culpa sua... Um momento de loucura, como se diz. Mas Anne precisa nos perdoar, enfim, "te" perdoar.

— Como agir? — perguntou.

Ele estava muito abatido, tive pena dele, e tive pena de mim também; por que Anne nos abandonava assim, nos fazia sofrer por causa de uma escapadela, em suma? Acaso não tinha deveres para conosco?

— Vamos escrever para ela, pedindo perdão.

— É uma ideia genial — exclamou meu pai.

Ele finalmente encontrava um meio de sair daquela inação cheia de remorsos em que girávamos fazia três horas.

Sem acabarmos de comer, empurramos toalha, talheres, pratos; meu pai foi buscar uma luminária forte, canetas, tinteiro e seu papel de carta, e sentamo-nos um de frente para o outro, quase sorridentes, a tal ponto nos parecia provável a volta de Anne por obra e graça daquela encenação. Um morcego veio descrever curvas sedosas diante da janela. Meu pai inclinou a cabeça e começou a escrever.

Não consigo me lembrar sem um sentimento insuportável de irrisão e crueldade das cartas transbordantes de bons sentimentos que escrevemos a Anne naquela noite. Nós dois sob a luz, como dois escolares aplicados e desajeitados, fazendo em meio ao silêncio aquele dever impossível: "recuperar Anne." Apesar disso, elaboramos duas obras-primas do gênero, cheias de boas desculpas, ternura e arrependimento. Ao terminarmos, eu estava mais ou menos convencida de que Anne não poderia resistir, de que a reconciliação era iminente. Já vislumbrava a cena do perdão, cheia de pudor e humor... Ocorreria em Paris, em nossa sala, Anne entraria e...

O telefone tocou. Eram dez horas. Trocamos um olhar de espanto, depois esperançoso: era Anne, ela telefonava para dizer que nos perdoava, que ia voltar. Meu pai deu um pulo em direção ao aparelho, gritou "alô" com voz alegre.

Depois só disse "sim, sim! onde, sim", com voz imperceptível. Levantei-me também: em mim crescia o medo. Fiquei olhando meu pai e aquela sua mão que ele passava no rosto, com um gesto maquinal. Por fim, ele pôs o fone no gancho devagarinho e voltou-se para mim.

— Ela sofreu um acidente — disse. — Na estrada do Estérel. Demoraram para encontrar o endereço! Ligaram para Paris e lá lhes deram nosso número daqui...

Ele falava maquinalmente, sempre no mesmo tom, e eu não ousava interromper:

— O acidente ocorreu no ponto mais perigoso. Acontecem muitos naquele lugar, parece. O carro caiu de cinquenta metros de altura. Teria sido um milagre ela se salvar...

Do resto daquela noite eu me lembro como de um pesadelo. A estrada surgindo sob os faróis, o rosto imóvel de meu pai, a porta do hospital... Meu pai não quis que eu a visse. Fiquei sentada na sala de espera, num banco, olhando uma litografia que representava Veneza. Não pensava em nada. Uma enfermeira me contou que era o sexto acidente naquele local desde o início do verão. Meu pai não voltava.

Então pensei que, com sua morte, Anne se distinguia de nós mais uma vez. Se nos suicidássemos, meu pai e eu — supondo-se que tivéssemos essa coragem —, teria sido com uma bala na cabeça, deixando uma nota explicativa destinada a envenenar para todo o sempre o sangue e o sono dos responsáveis. Mas Anne nos dera, como suntuoso presente, a enorme oportunidade de acreditar em acidente: um lugar perigoso, a instabilidade de seu carro. Presente que logo seríamos suficientemente fracos para aceitar. Aliás, falar de suicídio hoje é bem fantasioso de minha parte. Alguém poderia se suicidar por seres como meu pai e eu, seres que não precisam de ninguém, nem vivo nem morto? Meu pai e eu, aliás, nunca falamos de outra coisa, senão de acidente.

No dia seguinte voltamos para casa pelas três da tarde. Elsa e Cyril estavam à nossa espera, sentados nos degraus da escada. Ergueram-se diante de nós como dois personagens irrelevantes e esquecidos: nenhum dos dois tinha conhecido nem amado Anne. Estavam lá, com suas historinhas sentimentais, suas belezas sedutoras, seu embaraço. Cyril deu um passo em minha direção e pôs a mão no meu braço. Olhei para ele: nunca o amara. Achara-o bom e atraente; amara o prazer que ele me dava; mas não precisava dele. Ia partir, deixar aquela casa, aquele rapaz e aquele verão. Meu pai estava comigo, pegou meu braço, e entramos na casa.

Na casa, estavam o casaco, as flores, o quarto, o perfume de Anne. Meu pai fechou as janelas, pegou uma garrafa na geladeira e dois copos. Era o único remédio a nosso alcance. Nossas cartas de desculpas ainda jaziam sobre a mesa. Empurrei-as, elas saíram volteando para o chão. Meu pai, que vinha em minha direção, com o copo cheio na mão, vacilou, depois evitou pisá-las. Achei tudo aquilo simbólico e de mau gosto. Peguei meu copo com as duas mãos e engoli o conteúdo de um gole só. O aposento estava na penumbra, eu via a sombra de meu pai à frente da janela. O mar quebrava na praia.

CAPÍTULO XII

Em Paris, o enterro ocorreu com um belo sol, uma multidão curiosa e roupas de luto. Meu pai e eu apertamos as mãos de velhas parentas de Anne. Eu as olhei com curiosidade: decerto teriam vindo tomar chá em casa uma vez por ano. As pessoas olhavam meu pai com comiseração: Webb devia ter espalhado a notícia do casamento. Vi Cyril à minha procura na saída. Evitei. O ressentimento que ele me inspirava era perfeitamente injustificado, mas não conseguia me defender dele... Todos os que nos rodeavam deploravam aquele acontecimento estúpido e pavoroso, e eu, como ainda tinha dúvidas sobre o lado acidental daquela morte, ficava contente.

No carro, voltando, meu pai pegou minha mão e a apertou na sua. Pensei "você só tem a mim, eu só tenho você, estamos sós e infelizes" e, pela primeira vez, chorei. Eram lágrimas muito agradáveis, não se pareciam nem um pouco com aquele vazio, aquele vazio terrível que eu sentira no hospital diante da litografia de Veneza. Meu pai me deu seu lenço, sem nenhuma palavra, com o rosto transfigurado.

Durante um mês, vivemos como um viúvo e uma órfã, jantando e almoçando juntos, sem sair. Falávamos um pouco de Anne às vezes: "Lembra aquele dia que..." Falávamos com cuidado, desviando o olhar, por medo de nos ferir ou de desencadear em um de nós algo que levasse a proferir palavras irreparáveis. Prudência e delicadeza recíprocas que tiveram suas compensações. Em breve conseguimos falar de Anne em tom normal, como de um ser querido com quem teríamos sido felizes, mas que Deus chamara a Si. Escrevi Deus em vez de acaso; mas não acreditávamos em Deus. Ainda bem que, naquela circunstância, acreditávamos no acaso.

Certo dia, na casa de uma amiga, conheci um primo dela, de quem gostei e que gostou de mim. Saí muito com ele durante uma semana, com a frequência e a imprudência dos primeiros tempos do amor; e meu pai, pouco afeito à solidão, também começou a sair com uma jovem bastante ambiciosa. A vida voltou a ser como antes, como era previsto que voltaria a ser. Quando nos encontramos, meu pai e eu, rimos juntos, falamos de nossas conquistas. Ele deve desconfiar de que minhas relações com Philippe não são platônicas, e eu sei muito bem que sua nova namorada lhe custa muito caro. Mas somos felizes. O inverno está chegando ao fim, não vamos alugar a mesma casa, mas outra, perto de Juan-les-Pins.

Só quando estou na cama, ao amanhecer, apenas com o barulho dos carros em Paris, minha memória às vezes me trai:

o verão está voltando com todas as suas lembranças. Anne, Anne! Repito esse nome bem baixinho, durante muito tempo, no escuro. Então sou invadida por algo que eu cumprimento pelo nome, com os olhos fechados: Bom dia, Tristeza.

FIM

Este livro foi composto na tipografia Minion Pro,
em corpo 11/16, e impresso em papel off-white
no Sistema Digital Instant Duplex da
Divisão Gráfica da Distribuidora Record.